PROAC
PROGRAMA DE AÇÃO CULTURAL SÃO PAULO
EDITAIS

SÃO PAULO
GOVERNO DO ESTADO

Secretaria de Cultura e Economia Criativa

ANTES QUE EU ME ESQUEÇA

Ligia Ximenes

Apresentação

por Lívia Lakomy

"Quando Andre anunciou que eu ia para a China, estávamos em meio à algazarra das nossas crianças, a menor delas exigindo que o suco de uva fosse servido na caneca do Pequeno Príncipe. A mais velha, atenta à notícia, me sussurrou aceeeeita, e eu ri, perguntei por que, e ela me disse: porque é uma oportunidade."

Poucas coisas na vida se comparam a abrir um livro e já engatar uma conversa com uma autora-narradora-personagem que parece estar na nossa frente, engajada em uma história que não queremos perder. Com isso não quero apenas elogiar a escrita em primeira pessoa de forma geral, mas celebrar a pessoa certa para contar uma certa história. Um exemplo: difícil pensar em alguém que não Ligia Ximenes – a autora cujo nome está nesta capa e a voz que está nestas páginas – para ser a nossa guia em uma narrativa que nos leva do Brasil à China, da ditadura à redemocratização e da admiração ao afeto. Neste último caso eu falo, claro, das duas décadas de amizade entre Ligia e Sérgio que impulsionam esta história.

Fosse escrito por outra autora, talvez este livro se concretizasse como uma biografia sobre Sérgio Gomes da Silva. Leríamos sobre a vida do jornalista que há mais de meio século testemunha os altos e (muitos) baixos da vida política brasileira, tendo sido figura essencial na luta contra o regime militar e no processo de redemocratização. Cofundador da OBORÉ Projetos Especiais, do Programa Repórter do Futuro e do Prêmio Vladimir Herzog, ele bem mereceria esse registro histórico, embora um tanto impessoal.

Quando escrita por Ligia Ximenes, no entanto, a vida de Sérgio Gomes ganha uma humanidade difícil de se encontrar na escrita meramente factual. Apesar de também ser jornalista, Ligia não se limita à ordem imposta pelo que-quem-quando-onde-como-por que e se envereda pelo ensaio pessoal e pela memória. Descobrimos Sérgio ao mesmo tempo que descobrimos sua importância para a narradora. Ele, por sua vez, sempre ciente de que é personagem na história da sua própria vida e nas vidas daqueles com que conviveu, aceita tornar-se literatura. Nada mais adequado para um ativista nato e agregador de talentos que deu voz a tantos brasileiros por meio de seu trabalho que ele, por sua vez, tenha sua voz ouvida. "Quando falei me deixa escrever, para minha surpresa ele disse sim, sempre quis fazer isso. O nome do livro ele até já tinha. *Antes que eu me esqueça*."

Tanto Ligia quanto Sérgio também estão cientes de serem personagens para além destas páginas, cidadãos de um mundo que parece se aproveitar de cada oportunidade para se desviar dos ideais de liberdade, igualdade e fraternidade tão apreciados por Sérgio.

O ponto focal da narrativa é a viagem à China que ambos fizeram em 2017 como jornalistas enviados em missão da Associação de Amizade do Povo da China com Países Estrangeiros, uma chance de convívio intenso entre dois representantes de duas gerações de jornalistas brasileiros em uma cultura que os força a repensar questões como as lutas sociais e a democracia.

Para um livro que viaja no tempo e espaço, *Antes que eu me esqueça* é uma leitura atual e urgente para tempos conturbados em que se teme que o futuro repita o passado no Brasil e no mundo. É também a estreia de uma voz literária inquieta e questionadora, com as histórias certas para contar e um desejo de encontrar novas formas de narrar, viver e encarar o futuro.

Para Sérgio, com
quem aprendo.
Para Cora e Lucia,
que me ensinam.

ANTES QUE EU ME ESQUEÇA

A China como foi

"Foco e foda-se."

Sérgio Gomes, citando o amigo
João Guilherme Vargas Neto

"Um dia você me conta como foi a China?", me perguntou o Paulinho, no pátio do Sesc Pompeia, fim de uma tarde quente de sábado, onde nos encontramos por acaso. Naquele instante, eu sendo puxada pelas mãos de duas crianças com vontade de sorvete, não deu tempo de dizer quase nada, pois que "sorvetes, mamãe", me pediam. Só prometi, sim, Paulinho, um dia. Mais ou menos dois anos antes desse encontro eu passei uns dias em Pequim, Nanquim e Xangai com o pai do Paulinho. O pai do Paulinho é o Sérgio. Sérgio Gomes da Silva. Como eu, Sérgio é jornalista e por causa disso nos conhecemos há quase duas décadas. Cheguei a trabalhar num projeto que ele desenhou para o Ministério da Saúde, mas foi quando minha primeira filha nasceu, o mesmo ano do nascimento da sua primeira neta, que nos aproximamos mais. Fui parar na China em doismiledezessete, a convite dele, para integrar uma comitiva de jornalistas brasileiros em missão da Associação de Amizade do Povo da China com os Países Estrangeiros.

Em suas próprias palavras, a Associação de Amizade é um dos braços do Ministério de Relações Exteriores da China, e funciona como uma diplomacia não oficial, recebendo delegações de todo o mundo para promover, abre aspas, encontros e conhecimento, fecha aspas. No Brasil, o escritório fica no Rio de Janeiro e, à época da nossa viagem, era administrado pelo advogado Danillo Santos. Foi Danillo quem disparou o primeiro convite. Chamou Milton, e Milton se encarregou de sondar outros colegas. Audálio não podia, indicou Sérgio. Sérgio disse sim, e em seguida chamou Ricardo, Giuliano, João Paulo, Marcelo, Germano, Pedro, Victor. Um a um, por variados motivos, todos recusaram, até o convite chegar no Andre, meu companheiro, mas Andre também recusou, porque já tinha ido à China dez anos antes e, naquele momento, não tinha nenhuma intenção de voltar.

Andre, no mesmo instante em que recusou, sugeriu meu nome, e no minuto seguinte Sérgio topou, a Associação de Amizade também, embora eu tivesse acabado de pedir demissão de uma ONG, e naquele momento não representasse ninguém que não eu mesma. Não tinha problema, eu entendi. Em seu email de boas vindas, a Associação de Amizade afirmava que, abre aspas, à época da viagem Brasil e China tinham negócios que superavam a casa dos US$ 100 bilhões anuais, mas as relações amistosas eram muito pequenas, fecha aspas. Google em amistoso: que é próprio de amigos; amigável; afetuoso.

Depois preenchi formulários, despachei documentos, paguei taxas e comprei as passagens. Foi assim que fui à China.

■

Foi só depois que voltei da China que descobri que este tipo de viagem, governo-chinês-convida-delegação-para-visita, existe há muitas décadas, levando diferentes grupos para um itinerário preestabelecido, e pode incluir a visita a fábricas e pontos turísticos, bem como espetáculos e restaurantes frequentados pelos ocidentais.

Em milnovecentosesessenta, nessas circunstâncias, a escritora brasileira Lygia Fagundes Telles participou das celebrações dos onze anos da República Popular da Nova China. Elisa Moreira Salles, mãe do cineasta João Moreira Salles, esteve lá em milnovecentosesessentaeseis, no início da Revolução Cultural comandada por Mao Tsé-Tung, em uma viagem de turismo cultural promovida pela revista francesa *Connaissance des Arts*. Roland Barthes passou uma temporada de três semanas em milnovecentosesetentaequatro. Henfil embarcou em julho de milnovecentosesetentaesete.

■

Quando Andre anunciou que eu ia para a China, estávamos em meio à algazarra das nossas crianças, a menor delas exigindo que o suco de uva fosse servido na caneca do Pequeno Príncipe. A mais velha, atenta à notícia, me sussurrou aceeeeita, e eu ri, perguntei por que, e ela me disse: porque é uma oportunidade.

■

Google oportunidade: aquilo que se realiza ou vem a propósito, a tempo, no momento adequado. E de fato era. Porque desde um ano antes da China, doismildedezesseis, portanto, eu tinha um plano e ele dizia respeito ao Sérgio. Tinha a ver com escrever as suas histórias. Eu revelei isso a ele numa noite fria em que nos recebeu, Andre, as meninas e eu, na casa em que vive com sua companheira, Ana Luísa.

Por conta de uma cirurgia grande que lhe tirou um terço do pulmão esquerdo, estava ofegante, mas feliz, e fez questão de preparar o caldo verde para o jantar. Quando falei me deixa escrever, para minha surpresa ele disse "sim, sempre quis fazer isso". O nome do livro ele até já tinha. *Antes que eu me esqueça*. E como se o trabalho começasse ali, enquanto as crianças se balançavam na rede estendida no jardim, ele abriu uma porta que dava para os arquivos, talvez não mais que duas ou três estantes de metal, já não me lembro, e nelas caixas, e dentro delas pastas que organizavam uma pequena parte de trabalhos realizados pela OBORÉ desde sua fundação, em milnovecentosesetentaeoito.

Nos encontramos muitas vezes depois desse jantar, mas eu não escrevi uma única linha até o ano seguinte, quando a China afinal se colocou em nossos caminhos. A proposta de passar dez dias longe do meu lugar de mãe, dez dias todos com ele, ah, dez dias inteiros, e eu tinha certeza de que eram mais do que suficientes para eu fazer todas as perguntas importantes.

▬

E então veio a China, onde éramos analfabetos. Ficamos hospedados em hotéis suntuosos, mas sofríamos de inchaços, sonos e fomes em horas estranhas, fadiga, dor de cabeça, e correndo para cumprir os horários combinados, nos perdendo em saguões de aeroporto, apressando o passo para embarcar em trens, vans e aviões, deixando bolsas e malas para trás.

A absoluta maioria de nossas interações naqueles dias foi planejada pelos anfitriões, como é de praxe. Como Lygia, Elisa, Barthes e Henfil, estivemos acompanhados por toda parte. Mas, no lugar da Guarda Vermelha, composta por estudantes, agricultores e operários que zelavam pelos ideais da Revolução Cultural, os nossos guias integravam a Associação de Amizade. Sobrou planejamento, faltou tempo. Em seus diários de viagem, Barthes fala que notou a ausência de imprevistos, dobras ou incidentes, aquilo que cai sobre o tecido dos dias. Por isso a atenção aos detalhes, cores, paisagens, corpos e acontecimentos miúdos. O travesseiro alto demais, o sol e a garoa, cheiro de chá e cigarros, os campos de arroz, o cortejo dos escolares, tratores e geradores, os plátanos, mesas compridas, cortes de cabelo codificados, piano de cauda, croquetes de alguma coisa, a pimenta, o pão branco e macio.

Lygia também notou que só viu o que foi permitido. Em *Passaporte para a China*, seu livro de memórias da viagem, ela conta como as paisagens de Pequim e Xangai contrastaram com as da China que só existia em sua cabeça. Como as cenas de fora, muitas delas emolduradas pela janela do táxi que a levava de um canto a outro, iluminaram o dentro dela, dentro fora dentro fora dentro, borrando as fronteiras entre passado e presente, e o futuro nascendo a cada instante.

Não houve tempo para ligar o gravador.

Revejo as fotos, a maioria delas tremidas, porque tirei-as de dentro dos veículos que nos carregavam de canto a canto, e nas imagens acontece de a minha mão se sobrepor ao mundo concretado e multipovoado, um composê fantasmagórico. Não têm valor estético, as fotos. Contam da forma que é possível.

As fotos são amadoras, as sobras de um momento na vida, narra a voz melancólica de João Moreira Salles, olhando para as imagens feitas por sua mãe na frente dos portões fechados da Cidade Proibida. No seu relato para a revista *O Cruzeiro*, Elisa afirma ter sido cercada por gente da Guarda Vermelha, que empunhava bandeiras e gritava palavras de ordem. Nas palavras de João, sobre a visita frustrada dela: foi ver uma coisa, o passado, e acabou dando de cara com outra, a história em ação.

▬

Roland Barthes escrevia para a revista literária *Tel Quel* quando foi à China. Desses dias e noites, redigiu três cadernos de notas, e os textos são taquigráficos. Por exemplo, num sábado, 14 de abril de milnovecentosesetentaequatro, em visita a uma família de Pequim: "Uma casa, verdadeiros canteirinhos de hortaliças. Alocução da mãe: antes da Libertação etc. 1949 o PCC nos libertou do abismo.1954 participamos da cooperativa solidária. 1955 construímos esses cinco cômodos. Três filhos, quatro filhas. O mais velho na fábrica, eletricidade. O marido fabrica tijolos. Trabalho todos os dias, 28 dias para o homem, 26 para a mulher. Não há domingo."

Ou, em outra ocasião, uma terça-feira, 23 de abril, depois de conhecer uma fábrica no noroeste do país: "Uma dezena de pessoas, jovens operários, um personagem principal de rosto fino e uniforme escuro de funcionário. Grande salão, sofás, chá, boas vindas muito retóricas, essa fábrica terminada em 1959, 1.450.000 m^2, 23.000 operários, dos quais 6.700 mulheres. O chá é bom, dourado. Fabricam 21.500 tratores. Hospital, jardim de infância, creche, cinco escolas primárias, duas escolas secundárias, biblioteca, quadra esportiva iluminada, piscina. Todos esses 'operários' têm mãos finas e limpas. Visita segue etc".

As fotos são a sobra de um momento da vida.

Foi isso a China?

De novo, em câmera lenta

"Contar é muito, muito dificultoso. Mas pela astúcia que têm certas coisas passadas – de fazer balancê, de se remexerem dos lugares. O que eu falei foi exato? Foi. Mas teria sido? Agora acho que nem não. São tantas horas de pessoas, tantas coisas em tantos tempos, tudo miúdo recruzado."

João Guimarães Rosa,
Grande sertão: veredas

Acontece que quero levar essa história adiante. Sim, é verdade: não há gravações para decupar, o fuso horário fez a gente endoidecer, não houve tempo livre, e por isso eu quase não consegui fazer as perguntas que, imaginava, me entregariam o livro do Sérgio pronto. Se insisto em contar é porque não quero esquecer. E para contar é preciso aceitar que aqueles dias, porque aconteceram, são toda a experiência possível.

para ir à China é preciso receber um convite
e checar se alguém pode ficar com as suas crianças
enquanto você visita
Pequim
Nanquim
Xangai

é preciso dar google para calcular a distância
em quilômetros e em horas
em que vivem as pessoas em

Pequim
Nanquim
Xangai
e com sorte encontrar algum texto bom que dê conta
de resumir
aqueles cinco mil anos de história

(google também para aprender como se fala bom dia
por favor obrigada)

é preciso arrumar a mala uma semana antes para
no dia 25 de agosto de doismiledezessete

fazer o check-in a partir das oito da noite
para ir à China é preciso não se deixar assustar
diante da notícia
de que o voo partiu
à meia-noite e vinte e cinco do dia 25:
vinte e cinco
e que a próxima meia-noite e vinte e cinco
(ou seja: dentro de quatro horas)
é a do dia 26:
vinte e seis

para ir à China é preciso saber rir da confusão
comprar outro bilhete aéreo no valor de mileduzentos dinheiros
com taxas
e abraçar o homem alto, pesado, mas cujos pés pisam manso no chão
seus cabelos escuros, lisos, crescidos na altura das bochechas
que te mostra ali

naquele abraço
que é preciso rir do avião que partiu
é urgente
ir para a China

O que se pode ler no capítulo anterior é talvez a minha quinta ou sétima tentativa de descrever como foi que perdemos o voo para a China na noite do dia vinte e cinco de agosto de doismiledezessete. A notícia não nos abateu: brindamos ao avião que partiu, sem saber se a Associação de Amizade ainda iria nos receber, porque naquele momento já éramos uma dupla, Sérgio e eu, e decidimos que, se fosse preciso, iríamos por nossa conta, uma agenda só nossa, conhecer tudo o que a gente quisesse.

Foi nessa noite que ele me contou que, para os chineses, o segredo da longevidade é rir o triplo, andar o dobro, comer pela metade. E que, conforme ouviu de seu amigo José Luiz Del Roio, a China é tão grande que é habitada por um tipo de ganso selvagem, raro, que voa toda a Ásia, mas nunca foi visto fora do continente. Na China, até muito tempo depois da Revolução Cultural, de fato era comum que as pessoas, como os gansos, passassem a vida toda em seu lugar de origem, e que isso, para além da pobreza, podia ter a ver com a cultura. Contou seu amigo que houve um tal almirante que, numa tal dinastia, saiu em expedição desbravatória e voltou dizendo que o mundo era todo feio e que, portanto, o melhor que podiam fazer era se ocuparem de si mesmos.

Muitos séculos depois, para ser mais exata em maio de doismiledezessete, no Fórum Internacional Nova

Rota da Seda, o presidente Xi Jinping recorreu aos gansos para contar da nova ordem mundial. O que ele disse foi mais ou menos o seguinte: nós, os gansos, vencendo ventos e tempestades, porque voamos em bandos e ajudamo-nos uns aos outros, como equipe, e enfim estamos alçando voos mais longos.

Porque perdemos o avião, os dez dias com o Sérgio se reduziram a sete.

~~Dia 26 de agosto, sábado~~
~~15:25 Chegada da delegação no voo EK306~~
~~18:00 Check in no Hotel Crowne Plaza~~

~~dia 27 de agosto, domingo~~
~~De manhã Tempo livre~~
~~12:00 Almoço~~
~~À tarde Compras~~
~~18:00 Jantar no Hotel com o Chefe do Departamento~~

~~Dia 28 de agosto, segunda-feira~~
~~8:00 Café da manhã~~
~~9:30 Visita ao Diário do Povo~~
~~12:00 Almoço~~
~~14:30 Visita à Agência da Revista China Hoje~~
~~15:30 Visita ao Centro Informativo de Internet~~
~~Visita ao Embaixador Marcos Caramuru (horário ainda não confirmado)~~
~~18:00 Jantar~~

Foi também na noite em que perdemos o voo que Sérgio me disse que a arte de documentar exige que a gente descubra não só um personagem incrível, mas também uma trilha para seguir, e a trilha é tão importante quanto o personagem incrível. Não tenho a gravação, mas foi mais ou menos assim.

Em seus relatos da viagem à China publicados na revista *O Cruzeiro* em setembro de milnovecentosesetentaesete, Elisa Moreira Salles sustenta que a memória não é terreno necessariamente das certezas. Ela diz que não se lembra exatamente, ela diz que se não lhe falha a memória, e então conta. Do jeito que é possível.

Olá, sr. Danillo,

Escrevo para contar que Sérgio e eu tivemos um grande contratempo esta noite, quando chegamos ao aeroporto de Guarulhos para embarcar para Dubai e nos demos conta de que nosso voo partira no dia anterior.

Tentei avisar a equipe da Associação de Amizade, via WeChat, mas sem sucesso, imagino que em virtude do horário. Dentro do melhor arranjo possível com a Emirates, embarcaremos amanhã, 26/8, às 00h25, com conexão de 12 horas em Dubai, e aterrissaremos em Pequim às 22h20 do dia 28/8.

Infelizmente vamos perder a programação deste primeiro dia e lamentamos muito. Apesar disso, seguimos animados com os dias que se seguirão.

Finalmente: há alguma instrução específica para seguirmos, quando da chegada em Pequim?

Um abraço

Para chegar a Pequim, estando em São Paulo, é preciso percorrer pelo menos dezessete mil, quinhentos e noventa e três quilômetros, de acordo com o Google. De acordo com a empresa aérea, em seu site, o avião que nos leva tem quase um quarteirão de comprimento e condições para acomodar mais de quinhentos passageiros. Estamos treze quilômetros acima do oceano Atlântico, a comida vem em caixas de papelão difíceis de abrir, e mesmo se lá fora é dia os comissários de bordo fecham cortinas e apagam as luzes para nos fazer pensar que é noite. As pernas cansam de ficar dobradas, os pés formigam. Vamos caminhar.

No fundo da aeronave, não sei mais em que contexto, lembro do Sérgio me contar que *Nostalgia da luz*, dirigido pelo cineasta chileno Patricio Guzmán, é um dos filmes mais bonitos que já viu. O documentário se passa no deserto do Atacama, onde astrônomos do mundo todo se instalam na esperança de que seus telescópios apontados para o céu descubram novas estrelas e planetas. Naquele mesmo lugar, todos os dias, um grupo de mulheres se ocupa, já há muitos anos, de revirar a areia fina em busca de vestígios, um botão, um dente, que possa ter pertencido a seus irmãos, filhas, tios e primas desaparecidos desde a ditadura Pinochet.

Dentro do avião me lembro também da conversa que tivemos sobre as distinções entre verdade e ficção. Lembro do Sérgio dizendo que viver é um evento biográfico, não biológico. Citava Ecléa Bosi falando sobre memória. "A vida não é uma sucessão de fatos, Ligia, mas uma coisa outra. Caos. E é quando a gente envelhece que desperta para a necessidade de organizar a existência. Ninguém consegue fazer isso enquanto vive. É preciso distanciamento."

Eu não conhecia o trabalho da Ecléa, mas um tempo depois de ter chegado da China, pensando em escrever sobre a viagem, fui ler seu *Memória e sociedade*, em que reúne as histórias que lhe contaram oito idosos. A memória que cada um carrega, ela observa, é feita da mesma matéria-prima da memória das famílias, dos grupos e da sociedade. E acho bonito ela afirmar que não recorreu a nenhum documento para confrontar se era verdade o que contaram dona Lavínia ou dona Brites, seu Amadeu ou seu Abel, porque "com certeza seus erros e lapsos são menos graves em suas consequências que as omissões da História oficial". Seu interesse, diz ela, está no que foi lembrado, no que foi escolhido para perpetuar-se na história de uma vida.

Patricio Guzmán dirigiu *A batalha do Chile*, uma produção cinematográfica dividida em três partes, 380 minutos ao todo, que conta ao mundo dos eventos que culminaram, em milnovecentosetentaetrês, no assassinato do presidente Salvador Allende, e na instauração de um regime ditatorial que matou mais de 3 mil pessoas em seus dezessete anos de vigência.

Para Guzmán, falando sobre seu ofício no livro *Filmar o que não se vê*, a realidade é constituída por milhares de átomos dramáticos que se deslocam de forma caótica diante dos nossos olhos, e não é possível tratá-la com objetividade, porque o olhar sempre dá forma àquilo que se olha.

Eu lembro bem, foi no primeiro trecho da viagem, desembarcando em Dubai, que eu ganhei a função de tradutora-intérprete. Sérgio fala português o tempo todo. Você reparou, ele me diz, a voz alegre, enquanto aguardo os passaportes, que os homens aqui se cumprimentam tocando o nariz e a testa um do outro? Ele quer que eu faça ao agente alfandegário muitas perguntas, e eu as elaboro em inglês. Meia-noite, trinta e seis graus celsius, e eu não tinha a menor ideia de que faz calor à noite no deserto. Embarcamos num ônibus até o hotel. Dormir, dormir.

Algumas horas depois, embarcamos para Pequim. Não me lembro dessa parte da viagem. Chegamos às 22h20: enfim, a China! Como perdemos o primeiro voo, e não conseguimos nos comunicar com a Associação de Amizade por conta dos tempos trocados, estamos sozinhos, Sérgio e eu. Para nossa surpresa, as pessoas não respeitam a fila para entrar no elevador. Dão com os ombros enquanto empurram suas malas por cima de nossas pernas, pés.

"O problema do indivíduo na China é menos um problema de socialismo ou comunismo. O problema do indivíduo na China são 900 milhões de habitantes", escreveu Henfil, quando esteve por lá, quarenta anos antes da gente.

De lá para cá, o país cresceu, claro, e a população tornou-se essencialmente urbana. É um todo desenhado em outras proporções: aeroportos, ruas, shoppings centers, estações de trem, hotéis, saguões de restaurantes, parques, praças, tudo gigantesco. Lá a fluência na língua inglesa não ajuda a entender a sinalização dos banheiros, das placas de trânsito. Somos estranhos uns dos outros, mas estranhamente parecidos.

O táxi é um carro grande. Quarenta e cinco dólares. Formulário em papel carbonado, uma folha inteira de letras miúdas, três vias. Assinar sem ler. O motorista fixa o celular no painel do carro, joga tetris enquanto dirige. No saguão do Crowne Plaza, Sérgio quer que eu explique muitas coisas ao atendente: somos brasileiros, fazemos parte de uma delegação, nos atrasamos e estamos chegando apenas agora, e por favor temos reserva, não temos? Passa de uma da manhã, mas ele pede que eu descubra quais os números dos quartos do Danillo e do Milton e pede que toquem nos apartamentos dos dois, duas vezes cada. Ninguém atende.

▬

contar é:
conduzir
o invisível
na direção do visível

▬

Pequim, terça-feira, 29 de agosto de doismiledezessete. Café da manhã. Danillo ganha um rosto: é um senhor pequenino e sólido de 83 anos que está visitando a China pela centésima vez, provavelmente, e que ri de ter se perdido na conta das idas e vindas. A primeira vez que pisou ali foi para trabalhar na defesa de nove chineses, entre jornalistas e altos funcionários de uma missão comercial, encarcerados pelos militares no Rio de Janeiro, sob a acusação de serem espiões e de terem vindo ao Brasil "para instaurar um regime comunista". A operação aconteceu no dia 13 de abril de 1964 – ou seja, 12 dias após o golpe civil-militar que destituiu o presidente João Goulart, democraticamente eleito. Embora condenados a dez anos de prisão, os réus recorreram da decisão e conseguiram voltar à China, mas o dinheiro que portavam, aproximadamente 120 milhões de cruzeiros, nunca foi devolvido.

É a primeira vez que Danillo leva consigo uma delegação de jornalistas para promover a amizade. "E aí, minha filha, está gostando do hotel? Isso aqui não é nada. Você tem que ver o hotel de Xangai. É luxo, luxo, luxo. Tantos anos que venho, isso tudo mudou muito, os chineses isso e aquilo". Ao lado de Danillo, está Milton. Sérgio, que a esta altura já o abraçou e beijou, chama o amigo pelo nome completo, Milton Coelho da Graça, embora àquela altura os dois se conheçam há mais de quatro décadas. Milton tem 86 anos, trabalhou no jornal *Última Hora* e na revista *Realidade*, fundou a revista *Placar*, e seguiu por muitos anos ocupando cargos de prestígio da Editora Abril. Era também o editor do jornal clandestino *Notícias Censuradas*, tratando dos assuntos que os militares não deixavam chegar às páginas dos jornais, e por isso ficou encarcerado três meses, a partir de fevereiro de milnovecentosetentaecinco, nas dependências do DOI-CODI, a prisão política da ditadura civil-militar em São Paulo.

Enquanto servem o café da manhã, Danillo fala, fala, fala. Sarah chegou mais ou menos por essa hora. Funcionária da Associação de Amizade, ela cuidou da nossa agenda e produziu as condições para estarmos em todos os compromissos. Porque estudou literatura portuguesa, e passou um ano em Porto Alegre, como intercambista, na Universidade Federal do Rio Grande do Sul, foi nossa intérprete durante quase todo o tempo que estivemos na China. Nós, ela e eu, éramos as duas pessoas mais jovens da delegação, as duas únicas mulheres, as duas longe de suas crianças, a minha caçula com três anos, e a única dela, cujo nome nunca entendi, ainda menor. Mais do que duas mulheres longe de suas crianças, éramos duas mulheres cercadas por cinco homens, e nos fizemos companhia nestes dias. Até hoje não sei o sobrenome dela. Seu e-mail é um número: 120776217.

Na agenda do dia tínhamos uma visita à Xinhua, a maior agência de notícias da China, e responsável por toda a comunicação estatal do país. Saímos num micro-ônibus, e os dirigentes da agência noticiosa nos receberam com seus sorrisos imensos ainda no estacionamento. Depois de atravessarmos o hall e um pátio ensolarado, chegamos numa sala gigante, toda acarpetada. Não há mesa. Contornando as paredes, apenas umas poltronas confortáveis, cada uma acomodando uma pessoa. De acordo com Sarah, o chefe passa aqueles primeiros cinco ou dez minutos falando da alegria de receberem uma delegação de jornalistas brasileiros, depois deseja que todos tenhamos muita saúde, e em seguida apresenta sua equipe. Não me lembro dos nomes e cargos de ninguém, mas me recordo vividamente que, nas pausas que ele fazia para tomar ar, olhava para a Sarah, com seu caderno e caneta em mãos, aguardando que as suas palavras enfim chegassem à outra margem, ali onde estávamos.

Contar é encontrar a palavra.

Depois da visita à Xinhua, almoçamos com o vice-presidente da Associação de Amizade, Xie Yuan. Deve ser culpa do cansaço, mas não lembro do que falamos, só me recordo da cor linda do pato de pequim. Comida das dinastias, como explicou Henfil, e vão servindo devagar até a gente morrer.

À tarde, depois que, por algum motivo, é cancelado o encontro na Rádio Internacional da China, Sarah decide levar a gente para ver a Grande Muralha.

A van se desloca por uns 40 minutos fora da cidade, e pelas janelas vejo a vegetação. Li que tudo o que é verde foi replantado. A China toda reflorestada. Chamam de *forest farming*. Faz calor. Estou de salto. Piso irregular. Tirar umas fotos. Meus pés incharam tanto que desisto de subir as escadarias. Volto cochilando. Do saguão do hotel até o meu quarto, sigo descalça. Chuveiro, banheira, rua. É noite. Calor. Gente, muita, música alta, há os que dançam.

Estou sozinha.

Os luminosos nas fachadas de aço e espelhos anunciam que tudo que existe no Ocidente também pode ser comprado na Wangfujing Street, mas eu não quero bolsas, nem tênis, ou artigos eletrônicos. Estou procurando uma livraria que Sarah me indicou, a Foreign Bookstore. Identifico o letreiro, uma das poucas coisas que eu vi escritas em língua inglesa. As estantes lembram as de biblioteca de cidade do interior. Autores chineses, mulheres? Não tem. Ou isso ou não me entenderam.

Entro num shopping. Quando saio por outra rua, a escuridão faz tudo parecer estranho. Cadê, por onde eu vim? Acho que é aqui. O nome do hotel eu sei, mas e o nome da rua? Andar, andar, andar, os pés apertados pelas tiras das havaianas, minhas unhas doloridas. Já são quase dez da noite. *Excuse me, do you know which way to the Crowne Plaza?* Não. Ninguém entende. Ou não quer entender. Tem alguém que até ri, eu acho. Encontro um grupo de policiais, pelo menos uns oito trabalhando ali no calçadão. Não. Definitivamente não me entendem.

Quando, já depois da China, relembro o micropânico que senti no meio daquelas pessoas tão iguais, e ao mesmo tempo tão diferentes de mim, ecoam as palavras de Henfil: "Sem o controle deles seria impossível sobreviver um dia na China". Perdida na Wangfujing Street, só recobrei a calma quando me dei conta de que levava comigo o passaporte e bastante dinheiro. Achei também no bolso traseiro da calça o cartão magnético que abria a porta do meu quarto, e nele vi coisas escritas em mandarim, mostrei para um dos policiais. Pra lá, me diz apontando com o dedo. Andar, andar, andar. Tirar toda a roupa. Dormir.

Trouxe dessa noite, a única em que estive desacompanhada da delegação, um livro chamado *The Illustrated*

Book of Changes. O título, com essa promessa de sacar, seja lá o que for o tal *I Ching*, ou *Livro das Mutações*, me fez gastar 45 renmibis – que é como as pessoas por lá chamam o que aqui a gente conhece por yuans.

▬

Provavelmente organizado na dinastia Chou, por volta do ano 1150 a.C., o *I Ching*, ou *Livro das Mutações*, deu origem a duas vertentes da filosofia chinesa, o confucionismo e o taoísmo. Ele explica o mundo reconhecendo que todas as coisas que o habitam, absolutamente todas, estão em fluir contínuo. O texto afirma que não há o que mude, não há quem mude, só há o mudar, um circuito fechado de acontecimentos conectados entre si, como o dia e a noite, o verão e o inverno.

▬

No dia dois de Pequim, quarta-feira, 30 de agosto de doismiledezessete, tomamos um avião da Air China com destino a Nanquim. Milton não sabe onde está seu passaporte. Alguém desce da van para ajudar na busca. Na chegada ao terminal de embarque, uma mala ficou para trás. Enquanto pensamos em jeitos de reavê-la, Milton se afasta do grupo, se perde da gente. Sérgio, com as mãos em concha, gritando Milton, Milton, e alguns de nós corremos de um lado a outro, até que alguém avista a cabeça branca e traz de volta Milton, seu corpo alto e magro, sorrindo. Sérgio o interpela: mas, Milton, onde você ia? Milton rindo e dizendo que ia conhecer a China, Sérgio. E movendo os dedos, maroto, que tudo sob controle, pois fala a língua universal.

Comandados pela Sarah furamos filas para passar pelos controles de embarque. Junto com a gente está a delegação de patinação artística da Espanha, atrasada como nós. Somos mais de três dezenas de retardatários, e corremos juntos pelos corredores que vão dar na aeronave. Deu tempo. O avião decola. Não dá pra ver nada do alto, tudo fumaça. Em Nanquim três jovens, muito jovens, nos aguardam. Sorriem exageradamente e acenam com a cabeça. Cada um dirige um carro. Santiago é o nosso homem. A cidade, que um dia já foi a capital do sul da China, tem 8 milhões de habitantes, e é toda árvores. Plátanos, descubro com a ajuda do Google, e da janela aprecio como suas folhas filtram a luz do outono, projetando tramas enredadas nas calçadas.

Vamos almoçar, restaurante moderno, bonito, cheio, mesa redonda grande, numa sala separada do salão principal. Os pratos vêm aos poucos. Descobrimos ali que nossos motoristas também são funcionários do instituto de pesquisa. Sento ao lado do Danillo e ele me confessa que, mesmo tendo vindo tantas vezes à China, detesta a comida.

Depois do almoço vamos ao Museu do Massacre de Nanquim. Ali se conta a história do assassinato de 260 mil chineses, em sua maioria idosos, mulheres e crianças, por tropas do exército japonês que desembarcaram em 13 de dezembro de milnovecentosetrintaesete. Os ataques duraram seis semanas, mas as tropas permaneceram em território chinês até milnovecentosequarentaecinco.

Na entrada do museu, ainda ao ar livre, há um conjunto de esculturas construídas a partir dos testemunhos de pessoas que sobreviveram aos ataques. A maior delas tem mais de quatro metros de comprimento e é a figura de uma mulher com a cabeça erguida na direção do céu, suas mãos segurando o corpo de uma criança sem vida.

família arruinada
nunca retorna o filho morto
o marido queimado vivo
misérias se abatem sobre a mulher violada
meu Deus!

Passamos um tempo ali, contemplando as esculturas, eu traduzindo os poemas.

Uma seção do museu é toda dedicada a buscar depoimentos de estrangeiros que testemunharam a violência desferida não apenas contra as tropas já rendidas, mas também os civis. Os chineses são a maioria absoluta dos visitantes, e nos olham com curiosidade. Quando um funcionário traz o livro de visitas especialmente para a gente assinar, as pessoas tiram fotos da gente e das mensagens que deixamos. Foi nele que Sérgio escreveu:

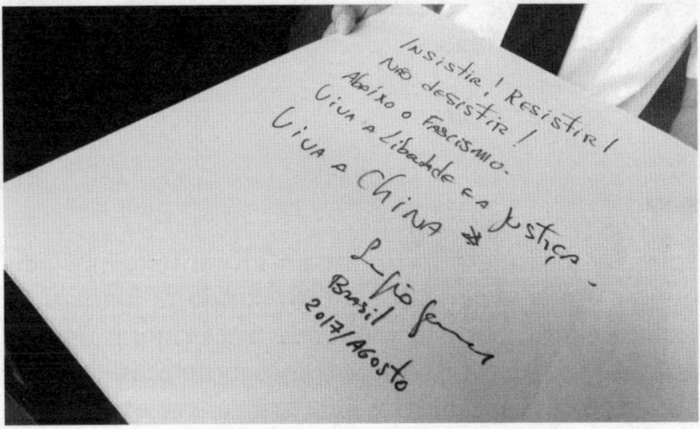

---

depois do almoço uma parada para café e cookies
na rede estadunidense de café e cookies que tem na China também
e ainda nem anoiteceu
mas seguimos para um banquete

o diretor do instituto de pesquisa nos recebe
numa sala bonita
é também muito jovem
não entendi seu nome

quer saber o que achamos do museu
que conta do massacre
na mesa muita comida
e claro que não temos fome
mas é falta de educação não comer

estamos crescendo desse jeito
para que nunca mais
nunca
esta história se repita

Foi nesse banquete farto que enfim conseguimos perguntar o que fazem no instituto. Resposta longa, não esclarecedora, por isso repetimos a pergunta, usando outras, mais palavras. Afinal somos jornalistas, perguntar é a nossa especialidade. Quais são os projetos em andamento? O que podem nos contar da China? O chefe sorri. Fala em casamento para falar sobre o tempo. Que num primeiro encontro deixamos de ser desconhecidos uns dos outros, no segundo encontro já nos conhecemos, mas é apenas no terceiro encontro que nos despediremos como grandes amigos.

Enquanto revisito essa memória, penso que a visita ao Museu do Massacre é o que melhor explica os motivos dos chineses nos trazerem até aqui. Nós, e antes de nós Lygia Fagundes Telles, Roland Barthes, Elisa Moreira Salles, o Henfil, e tantos outros de nós. Eles querem diminuir a distância que os separa do mundo. Para que a história nunca, nunca mais se repita.

Quando termina o jantar, já passando das dez da noite, Sarah avisa que ainda há o passeio de barco pelo Qinhuai, o rio que divide a cidade ao meio, e essa é uma péssima notícia para a nossa delegação, que se esforçou tanto para não dormir sobre as baixelas de verduras. Todas as fachadas estão iluminadas com neon. Estou exausta, mas me distraio com a câmera.

Sérgio passa todo o tempo de braços dados com Milton. Na volta, eu o vejo alertar a Sarah sobre como o amigo passou todo o tempo da caminhada, ida e volta, dizendo: eu só estou pensando o que eu estou vendo. Que isso pode ser sinal de que alguma coisa não vai bem, para além daquilo que a gente tem condições de ler. Alguns de nós decidimos não fazer a programação da manhã seguinte.

Revendo as fotos dessa noite, reparo que estas são ainda mais desfocadas do que todas as outras, por conta da imensa quantidade de luzes desenhando seus caminhos. Andre, que entende de fotografia, me explica que saíram borradas porque eu não ajustei direito as configurações.

Eu só estou pensando o que eu estou vendo, disse o Milton ao Sérgio, e Sérgio me recontou isso outra vez no dia seguinte, a voz mais grave que de costume, porque temia que a viagem talvez estivesse exigindo do seu amigo um esforço maior do que o corpo dele conseguiria suportar.

Visitamos o Museu de Nanquim. Perto dos portões, somos abordados por um casal de idosos. Sorriem seus risos sem dentes, as mãos espalmadas na nossa direção. Não ligue pra eles, disse a Sarah, entrelaçando o braço dela no meu. Estranho, mas aceito o seu toque. Mais tarde digo que, contrariando a imagem que as pessoas têm dos brasileiros, não sou esse tipo de pessoa que gosta de contato físico. E que me surpreende que ela, vinda de uma cultura que eu considero tão diferente da nossa, goste. Sarah, que agora só anda assim comigo, ri. Ah, mas no Brasil você não anda assim com as amigas de quem gosta? Eu andava assim com as minhas amigas em Porto Alegre. E eu gosto de você.

Enquanto reescrevia esse trecho do livro, mandei uma mensagem para Sarah. O tempo é doismilevinte, março. Saudades, como você está, e mando pra ela uma foto, dizendo que gosto dessa porque nela minha amiga está olhando pra mim.

Quinta, 31 de agosto. Trem-bala. O colega jornalista da delegação, que é funcionário de uma multinacional, vem mostrando as torres de prédios residenciais construídas a certa distância dos trilhos. "Está tudo pronto, percebe? Mas não tem ninguém morando. As cidades são estruturadas muitos anos antes de chegarem as pessoas." Ele sabe, pois a empresa em que trabalha ganha a vida fazendo isso, e inclusive em Xangai, para onde vamos.

Desembarcamos na estação de trem muito limpa e gigantesca, e que é apenas uma das três da cidade, e gastamos um tempo ali tentando fazer Milton e Danillo chegarem até a van que nos espera. É Danillo quem mais sente o esforço. Passa um tempo imóvel, com dor, estamos todos em pé na plataforma. O cansaço impede os que já avançaram de voltar para checar o que está acontecendo. Na melhor das hipóteses, se oferecem para vigiar mais uma ou duas malas, além das suas.

Xangai tem um ar afrancesado. No hotel, um funcionário sorridente usando chapéu coco e luvas brancas vem nos receber. Temos tempo de tomar banho e, do alto de nossa exaustão, nos arrumarmos o mais elegantemente possível para enfim sermos levados no carrinho de golfe até o prédio vizinho, no mesmo terreno, onde uma senhora muito amável nos aguarda para o jantar.

Ela está no mais alto escalão da Associação de Amizade, a julgar pela sala, muito ornamentada com dourados e vermelhos profundos, e termos a todo momento uma pessoa atrás de cada um de nós, enchendo as taças, retirando os pratos vazios e trazendo outros cheios. Além das amenidades, não nos perguntou nada. Pelo contrário, foi ela quem escolheu o que nos dizer. Que a China só não se destaca em duas coisas na comparação com o resto do mundo, o cinema e o futebol, mas estão conscientes disso, e trabalhando duro para transformar essa realidade. "Enquanto estamos aqui jantando, por todo o país estão sendo construídos 20 mil campos, então é questão de tempo até conquistarmos uma Copa do Mundo", e sorri seu mais cordial sorriso. Também conta de como funcionam os centros de convivência para idosos em Xangai, que não chegamos a conhecer, mas são uma das tantas estratégias para o cuidado dessa população.

Na volta Sérgio convence o motorista do carrinho de golfe a dar mais duas ou três voltas nos jardins. Apesar de exausta, topo o convite e fico com ele, fumando cigarros e rodando, rodando.

Xangai. Sexta-feira, dia 1º de setembro. Primeiro dia do ano letivo, a gente soube pelo barulho das crianças nas ruas vizinhas do hotel, e nosso último em território chinês. Manhã ensolarada e quente. Depois de um encontro com pessoas de um outro veículo de mídia, Sérgio me aponta o quadro gigantesco que decora a sala onde fomos recebidos. Todo mundo já saiu, mas ele pede que eu chame um dos anfitriões de volta e pergunte que história está contada ali. É só um quadro, alguém responde. Sérgio me olha com suas sobrancelhas arqueadas, um sorriso quase escondido pelo bigode. Os gansos.

Carl Gustav Jung tinha 30 anos de estudos do *I Ching* quando prefaciou a edição do *Livro das Mutações* em tradução de Richard Wilhelm. No texto ele explica que a forma como o Ocidente conhece e explica o mundo é baseada no princípio da causalidade. Google em causalidade: aquilo que fundamenta, gera ou explica algo. Concentrados em pensar nos fenômenos a partir de uma lógica de causa e consequência, podemos nos proteger de termos que lidar com o acaso, os incômodos e perigos daquilo que acontece e nos surpreende, que nos escapa à razão.

A mente chinesa, por outro lado, parece preocupar-se com o aspecto casual dos acontecimentos, mais interessada pela sua forma concreta do que com a sua forma ideal. "Enquanto a mente ocidental cuidadosamente examina, pesa, seleciona, classifica e isola, a visão chinesa inclui tudo até o menor e mais absurdo detalhe."

▬

Até o menor e mais absurdo detalhe.

▬

Depois do almoço numa pizzaria, Sarah pega um voo de volta para casa. Quem a substitui é Camélia, também funcionária da Associação de Amizade, fluente tanto em mandarim quanto em espanhol, mas não em português. A maior parte da nossa delegação decide que, ao invés de visitar o Museu do Filme, que estava na programação original, irá às compras.

Danillo, que conhece tanto a China, quer me ensinar a negociar o preço de uma echarpe. "Quando a vendedora falar o preço", ele me diz, "você faz cara de brava e vira as costas, vai saindo, que ela vem atrás". Eu não conto para ele que não consigo e pago o preço cheio.

Depois visitar outro veículo de mídia, voltar ao hotel, arrumar as malas, hora de partir. Mas antes embarcamos num navio de grande porte, feito estivéssemos indo viajar num cruzeiro, mas vamos só navegar um pedacinho do Huang Pu. De dentro da área VIP, contemplo as edificações do Bund, o bairro que é o centro financeiro da cidade, tudo iluminado com neon.

De lá saímos direto para o aeroporto, e Sérgio me conta sobre a sua amizade com a Ecléa Bosi. A espera para o nosso voo é numa sala reservada a autoridades chinesas. Chão de mármore, muita madeira escura, três sofás de couro cor de mostarda, aquela tevezinha informando portões de embarque de cada companhia aérea. Ficamos por ali o tempo de talvez dois ou três cafés? Quando nos chamam, a porta por onde saímos, se me lembro direito, dá acesso direto à aeronave.

Já não sei mais se é sábado ou domingo. Nossos assentos, meu e do Sérgio, são separados, mas peço para uma mulher trocar de lugar comigo, e ela se convence quando digo que é porque não quero me sentar longe do meu pai. Ela cede, e assim conquistamos uma fileira toda de poltronas. Acho que a essa hora eu já estava com febre. Nos revezamos no posto de dormir, ele e eu. A aeronave está cheia, parte dos passageiros é composta por uns brasileiros muito jovens e muito barulhentos que passaram o verão trabalhando, se eu entendi direito, em um resort chiquérrimo em algum canto da China. Sérgio se levanta, pede que parem de gritar, é em vão. Viagem longa, longa. O dia tem 28 horas.

▬

Pausa em Dubai. Despedir-se do Milton, que segue no carrinho de golfe do aeroporto para a aeronave que vai levá-lo ao Rio de Janeiro. Não me lembro de mais nada. Passei uma semana na cama depois de voltar da China. Andar para trás no tempo quase me matou de enjoo.

▬

Foi isso a China?

Mais perto ainda

"que qualquer canto
é menor do que a vida
de qualquer pessoa"

Belchior

Conto esta história para além de Paulinho, filho do Sérgio. Conto porque preciso que outras pessoas a conheçam. Não essa história. Preciso que conheçam o Sérgio, este amigo que, em suas próprias palavras, é todo feito de três ideias – liberdade, igualdade e fraternidade – e elas se combinam de infinitas maneiras. Penso nele como um caleidoscópio, feito o que construí na escola, ainda criança: três pedaços de espelho formando um tubo fechado nas duas pontas, e numa delas um buraquinho para espiar as imagens que, mesmo que eu quisesse, não conseguiria fazer se repetirem.

Como nasceu em 15 de setembro, o ano era milnovecentosequarentaenove, sei que o Sérgio tem o Sol em Virgem. Mas sei que signos não dão conta de explicar o que é uma pessoa. Eu poderia também dizer que Sérgio é filho de José Maria e de Adelaide, que gosta de fumar, que tem um irmão chamado Fernando, e que além do Paulinho, ele também é pai de uma outra Ligia, e que ela é mãe de duas meninas, com quem hoje brincam minhas duas meninas.

Poderia também contar como Sérgio militou no Partido Comunista nos anos de ditadura, foi professor de jornalismo comunitário na Escola de Comunicação e Artes da USP de 1986 a 1992, que trabalhou com rádios comunitárias na defesa da saúde pública e dos direitos humanos. Que ele evoca Gramsci para falar da urgência de sermos pessimistas na avaliação, otimistas na ação. Que nas horas vagas germina sementes de maracujá, cultiva uvas e, de doismiledezessete a doismilevinte, dedicou quase toda santa manhã de quarta-feira a preparar feijoada para seus amigos.

Nasci trinta anos depois do Sérgio e, quando entrei na faculdade de jornalismo, tinha certeza de que a democracia era uma conquista já estabelecida, um caminho sem volta. Em milnovecentosenoventaenove, aos 19 anos, eu conheci o Andre, um menino comprido, de sorriso largo, espírito inquieto, que convocava os alunos da faculdade de jornalismo a protestarem contra o aumento das mensalidades e a boicotarem o exame nacional que avaliava o curso.

Diferentemente de mim, aos 19 anos Sérgio estava em milnovecentosesessentaeoito, ano de edição do Ato Institucional nº 5, um instrumento jurídico que classificou como imperiosa *a adoção de medidas que impeçam [que] sejam frustrados os ideais superiores da Revolução* [sic], *preservando a ordem, a segurança, a tranquilidade, o desenvolvimento econômico e cultural e a harmonia política e social do País.*

Depois que os militares baixaram o AI-5, com a desculpa de "proteger o Estado contra o inimigo interno", ficaram proibidas as manifestações políticas. E aumentaram as detenções ilegais e arbitrárias, episódios de tortura, violência sexual, execuções e mortes, desaparecimento de mulheres, crianças e adolescentes, jornalistas, indígenas, estudantes, trabalhadores, sindicalistas, camponeses.

Os abusos foram tantos e tamanhos que em doismiledoze o governo brasileiro instituiu a Comissão Nacional da Verdade (CNV) para examinar e esclarecer o quadro de graves violações de direitos humanos praticadas pelo Estado, a fim de efetivar o direito à memória e à verdade histórica e promover a reconciliação nacional.

Apesar de a documentação das Forças Armadas ter sido oficialmente dada como destruída, o trabalho da CNV permitiu contar dos crimes a partir de dados e depoimentos fornecidos por outros órgãos públicos e entidades da sociedade civil, além de depoimentos dos sobreviventes e suas famílias. O resultado são quase 3.500 páginas relatando como o desejo de eliminar a diferença não era decisão de um ou outro indivíduo, mas a política de um regime que orientava a ação planejada com alvo definido, especialmente durante os 21 anos que durou o regime desde 1964, quando os militares depuseram João Goulart, o presidente democraticamente eleito.

Por último, mas não menos importante: a CNV também constatou que as violações não são estranhas à realidade brasileira contemporânea. Para os membros da Comissão, isso se deve ao fato de que os crimes cometidos nessa época não foram adequadamente denunciados, nem seus autores responsabilizados, criando-se as condições para sua perpetuação.

Decidi ser jornalista quando tinha 15 anos. Pensava que talvez fosse um jeito razoável, digno até, de sustentar a própria vida e, no meio disso, encontrar o tempo de escrever minhas próprias histórias, como fizeram tantos dos escritores de ficção que eu li ainda menina. Nos primeiros dois anos da graduação, apesar do encanto com Truman Capote, Gay Talese, Tom Wolfe, eu era funcionária concursada de um banco. O salário era bom, mas toda minha energia se esvaía naquele trabalho tedioso, vazio de sentido.

Para desespero da minha mãe, pedi demissão, pensando que era só isso que me impedia de escrever. Fui contratada como repórter da *Sem Fronteiras*, uma revista miudinha, mas valente, de periodicidade mensal, orientada pelos princípios da Teologia da Libertação. Ganhava um quinto do que o banco pagava, mas me sentia feliz. Era o ano doismil. Minha primeira pauta, lembro como se fosse hoje, era contar da luta do Movimento dos Atingidos por Barragens para impedir a construção da usina hidrelétrica de Belo Monte, que onze anos depois acabou sendo viabilizada pelo mesmo governo que teve a coragem de confrontar os crimes praticados pelos militares durante os anos de chumbo. Para esse trabalho entrevistei todo mundo por telefone, porque não havia recursos para viagens. Na edição seguinte minha situação melhorou e passei dois dias dentro de uma unidade prisional em Itaúna, Minas Gerais, conversando com gente que, ao invés de passar seus dias trancafiada em uma cela, trabalhava na horta, na marcenaria, na cozinha, na enfermaria. Apesar disso, quando releio a matéria de três páginas, não me sinto muito orgulhosa das palavras que escolhi.

contar é:
conduzir
o invisível
na direção do visível

Sérgio é dos melhores contadores de histórias que conheço, porque as conta não só com palavras. Suas mãos flutuam no ar, habilidosas em folhear páginas, dar nós, apertar botões, desenhar mapas, disparar estilingues. Quando ri, e é com muita frequência que isso acontece, espreme os olhos por detrás dos óculos de armação preta e grossa, e todo seu corpo vibra. Nessas horas, pode acontecer de ele ter que tossir, e a tosse às vezes dura um tempo.

Sérgio conta histórias picadinhas. Picadinhas porque, no meio delas as lembranças vão atravessando os relatos, como fragmentos de histórias fabulosas feito diamantes brutos recém-saídos das entranhas da terra, que ajudam a contar do nosso tempo, o que foi e o que é bem diante dos nossos olhos.

Histórias expõem um acontecimento, ou uma série deles, quer sejam reais, quer imaginários, por meio de palavras ou de imagens. Histórias se desenrolam num espaço e num tempo. Possuem um narrador, personagens, enredo. O enredo é um conjunto de fatos que, ligados entre si, contam as ações dos personagens. O enredo se estrutura em etapas: situação inicial, desenvolvimento, conflito, clímax e desfecho.

"Uma lembrança é um diamante bruto que precisa ser lapidado pelo espírito. Burilar, lapidar, trabalhar o tempo e nele recriá-lo, constituindo-o como o nosso tempo". Quem me conta é Ecléa Bosi em *Memória e sociedade.*

Em milnovecentosesetentaeoito, Sérgio fundou a OBORÉ junto com mais um monte de jornalistas e artistas, dentre os quais Jaime Prades, Glauco e Laerte – que, ao contrário do que dizem por aí, foi quem o convenceu a largar o emprego de repórter na *Folha de S. Paulo*, onde cobria cultura no caderno *Ilustrada*, para tocar o boré. O boré é a flauta tupi que chama os dispersos da tribo para lutarem em sua legítima defesa.

No contexto do nascimento da OBORÉ, a censura metendo medo nos jornalistas, a estratégia de Sérgio e seus amigos foi colaborar com os movimentos sociais e de trabalhadores urbanos na montagem de departamentos de imprensa e na produção de jornais, boletins, revistas, campanhas e planejamento de comunicação. A empresa resiste. Ainda trabalha com comunicação e arte. Desenha planos de comunicação, promove cursos de complementação universitária para estudantes de Jornalismo, forma lideranças comunitárias e comunicadores populares, edita livros e cartilhas, organiza seminários, conferências, rodas de conversa. O objetivo é contribuir para a promoção de políticas públicas de saúde, educação, cultura e direitos humanos.

Uma das primeiras histórias que a OBORÉ contou eu folheei na cozinha do Sérgio um pouco depois de termos voltado da China. A grande reportagem *A Greve na Voz dos Trabalhadores – da Scania a Itu* mobilizou trinta e sete pessoas, entre editores, repórteres, redatores, revisores e fotógrafos. Ninguém faz nada sozinho, me lembro de ele dizer, servindo minha taça de mais vinho tinto. Só assim para conseguir dar notícia do que se passou dentro das trezentas fábricas dos ramos da metalurgia, mecânica, eletrodomésticos e transportes. Foram tantos os operários ouvidos que, transcritos, os depoimentos somaram 1.200 páginas datilografadas.

A reportagem foi impressa em grande tiragem pela editora Alfa-Ômega, a baixo custo, por conta do papel-jornal no miolo, como forma de garantir o seu acesso a todos os trabalhadores das fábricas nas quais a OBORÉ esteve.

Para entender as greves, iniciadas em São Bernardo do Campo, diz o texto da revista, é importante considerar que elas não aconteciam desde milnovecentosesessentaequatro, quando houve o golpe e os militares suspenderam todos os direitos constitucionais dos cidadãos, inclusive o de se manifestarem sobre assuntos de natureza política. As manifestações grevistas começaram em maio de milnovecentosesetentaeoito e avançaram por junho e julho por cidades como Diadema, Santo André, Mauá, Ribeirão Pires, São Caetano do Sul, Osasco, Jandira, Cotia, Taboão da Serra, Embu, Guarulhos e se alastraram pelo interior do Estado de São Paulo, chegando a Campinas, Piracicaba, Sorocaba, Jundiaí e Itu.

Nessa noite em que me falou da reportagem, Sérgio me contou de quando, chegando por volta do horário do almoço em uma das fábricas paralisadas, encontrou as pessoas todas sentadas de costas umas para as outras. Algumas marmitas tinham arroz e feijão, uma ou outra tinha mistura. Mas tinha também esse homem que levava a colher vazia à boca, fingindo mastigar.

Sabe o que é isso, Ligia?

Quarenta anos depois, na cozinha da sua casa, eu ouço a sua voz mudar, e vejo a mão dele entrar por baixo da lente embaçada dos óculos, procurando o olho.

No prefácio que abre a grande reportagem da OBORÉ, Dom Paulo Evaristo Arns, à época cardeal arcebispo do Brasil, escreveu que as greves mostraram que, embora o Brasil ainda vivesse uma ditadura civil-militar, "não dava mais para engolir a injustiça e as desigualdades. O operário se conscientizou e tem coragem de se reunir para discutir o que é do povo."

Em seus quarenta anos de vida, a OBORÉ realizou muitos outros trabalhos, sempre com essa missão de servir. "Um tirador de pedidos. O que você quer? E produzimos", uma vez Sérgio me disse, imitando um garçom que tem caneta numa mão e o bloco de notas na outra. Foi assim que, na década de oitenta, começou a apoiar os sindicatos na montagem de seus próprios veículos de comunicação. Outros projetos se seguiram, dentre os quais a produção de conteúdos gratuitos de saúde e educação para rádios comunitárias, estratégias e planos de comunicação, cartilhas e manuais para apoiar profissionais e gestores das políticas públicas. Desejosos de estimular a formação dos jornalistas, Sérgio e sua companheira Ana Luísa criaram o Programa Repórter do Futuro e prêmios para reconhecer as produções comprometidas com os direitos humanos, dentre as quais o Prêmio Vladimir Herzog e o Prêmio Jovem Jornalista Fernando Pacheco Jordão.

Num dia desses em que estava na casa do Sérgio, em algum momento depois da nossa volta da China, o celular dele tocou. "Ô, Edmilson!", e danou a falar. Quando desligou, me contou que o amigo era do sindicato dos químicos de Guarulhos. E daí lembrou de quando a OBORÉ se aproximou deles e foi chamada para pensar as suas estratégias de comunicação. Houve uma reunião, pátio cheio, e apresentaram Sérgio assim: pessoal, acabamos de contratar o Sérgio, que é da OBORÉ, e é a OBORÉ que vai pensar por vocês. O que eles mandarem, vocês vão fazer. Sérgio, quando pegou o microfone, disse: não, pessoal, viemos aqui para apoiar vocês, ninguém nunca abra mão de pensar por si só. O contrato, ele riu quando me contou, durou só aquele dia.

No campo da educação, a OBORÉ realiza desde milnovecentosenoventaequatro o Projeto Repórter do Futuro. Um mês antes da China, ou seja, julho de doismiledezessete, Sérgio foi receber o prêmio da Abraji (Associação Brasileira de Jornalismo Investigativo) para a iniciativa, mas recusou qualquer reconhecimento pessoal. Não se faz nada sozinho, disse, e esse projeto não teria existido sem o Sindicato dos Professores de São Paulo, e a Ana Luísa, que comigo foi visitar o Manoel Chaparro no *Diário Popular*, isso em milnovecentosenoventaeum, e também o Pedro Ortiz, um dos meus alunos na ECA e à época, além de professor da Cásper Líbero na graduação e pós-graduação, coordenador de oito módulos diferentes do projeto. Subiram todos ao palco e Sérgio pediu que a produção do evento colocasse uma música para tocar.

▬

É Milton Nascimento quem canta:
para quem quer se soltar invento o cais
invento mais que a solidão me dá

▬

O Google define cais como "uma elevação de terra ou aterro, reforçado com paredes de pedra ou concreto (ou demais materiais assemelhados), de modo a conter as águas, onde atracam os navios e se faz o embarque ou desembarque de pessoas ou mercadorias".

▬

Anotação que encontro solta num papel. Provavelmente fiz quando estávamos na casa dele, eu sentada na mesa de reunião, ele de pé, um cigarro entre os dedos. Me contava da cerimônia de premiação. Não tem nada que eu possa dizer que seja meu. Chamei quem fez junto. Quando me perguntam o que fazer, eu digo: autoconvoquem-se. Qual é a dificuldade? Para decidir o que quer fazer, empreender, apresentar uma proposta a possíveis financiadores? Inventem seus cais. Depois de escrever estas linhas, encontrei uma foto das prateleiras nas quais Sérgio guarda sua coleção de catraias, navios, veleiros, botes, escunas e canoas.

Está no último parágrafo de *A Greve na Voz dos Trabalhadores*:

"Três meses depois que os 300 operários da Metalúrgica Alfa, em São Paulo, realizaram uma greve vitoriosa por aumento salarial, o trabalhador Nelson Pereira de Jesus, daquela empresa, foi brutalmente assassinado. Após ter passado pela rica experiência da luta coletiva, foi morto por um dos donos da empresa, Cássio Scatena, com quem discutiu o problema do pagamento de horas extras. Sua morte trágica foi recebida com pesar e indignação por todos os trabalhadores. Dela fica uma importante lição: a luta individual jamais substitui a luta coletiva, a organização e o trabalho dos sindicatos, das comissões de fábricas e a greve, a maior arma da classe operária por melhores condições de vida."

A luta individual jamais substitui a luta coletiva.

Embora a matéria-prima da OBORÉ seja a palavra, é muito difícil contar o que ela fez e faz. Para o Sérgio, isso tem a ver de alguma maneira com o fato dos seus fundadores terem decidido, e seguido à risca esse combinado, que nunca teriam um veículo próprio, porque sua missão era só tocar o boré.

Foi no ano seguinte à China, doismiledezoito, que aconteceu a celebração do aniversário de quarenta anos da OBORÉ na Câmara Municipal de São Paulo. Manhã fria, e dessa vez eu estava com o gravador ligado, então consigo transcrever aqui suas palavras exatas:

"Assumimos que nunca seríamos um grupo fechado, homogêneo, que não precisávamos rezar pela mesma cartilha, éramos uma coisa movida pela coisa política, pública. E tomamos a decisão de não sermos mantidos por nenhum tipo de anabolizante: nem da CIA, nem da KGB, nem da Igreja, nem do governo, nem da Fundação Ford. Nós íamos atravessar, se fosse possível, através da nossa própria capacidade de trabalho, e o dia que a gente não tivesse trabalho, fecha essa porra, porque não éramos mais necessários. Essas características fazem a OBORÉ ser mais sentida do que vista, e acabaram tendo, paradoxalmente, contribuído para que esta história não esteja contada. São muitos os protagonistas. E muitas das histórias ajudam a gente a ver que um mais um não é igual a dois, e que um mais um pode ser igual a mil."

Encontro na obra de Patricio Guzmán uma coisa que quero trazer para cá. "Escreve-se para fixar a obra, para cravar as ideias na cabeça. Escreve-se também para explicá-las e transmiti-las aos outros. Se não se escreve nada, tudo fica reduzido a uma história memorizada. Cada vez que se conta a história a uma pessoa, ela vai se recheando de alterações. O projeto muda, se modifica, se constrói e destrói ao mesmo tempo".

De que é feita uma história

"Who could hang a name on you?
When you change with every new day?"

Rolling Stones, *Ruby Tuesday*

Uma história se constrói com palavras, e palavras são símbolos.

Nietzsche conta que, se pensamos como pensamos, isso tem muito a ver com o filósofo grego Parmênides. Para Parmênides, tudo que existe é imutável e, para conhecer a verdade das coisas, é preciso abrir mão do corpo, dos sentidos, das paixões e das intuições, pois a verdade das coisas só pode ser alcançada por meio do pensamento. Balela, diz Nietzsche. O pensamento é constituído por palavras que tentam representar as coisas em relação com a gente e a gente em relação uns com os outros. As palavras não permitem que penetremos na origem fabulosa das coisas.

Cada palavra é um combinado que as pessoas fizeram entre si para reduzir a exuberância da vida a um conjunto de conceitos. As palavras dão forma não à verdade, mas à vitória de determinadas verdades sobre outras. Dar nome às coisas torna-as visíveis. Por isso quando eu digo barco, pensamos em uma estrutura capaz de flutuar sobre a água, deslocando-se de um canto a outro, e embora cada um de nós possa ter uma ideia de barco, todos compartilhamos o seu sentido.

Graças às palavras, diz Viviane Mosé, que dentre outras coisas lê e me ensina sobre Nietzsche, a operação de ver foi substituída pela de nomear. Esta é a proteção que desejamos, que nos mantêm distantes do desconhecido, do súbito, do inusitado, do diverso, e mais ancorados nas noções de identidade, unidade, duração. Confiando que tudo que existe é e continuará assim sendo, posto que imutável.

Contar não é preciso.

Os últimos dez anos passei fazendo frilas para poder ver as crianças crescerem. Até ter filhos eu trabalhava oito, dez horas por dia, sempre apaixonada pelos projetos das outras pessoas, dentre os quais aquele que a OBORÉ desenhou para o Ministério da Saúde.

Mas quando nasceu a minha primeira filha, o ano era doismilenove, meus interesses se deslocaram, e eu passei deliberadamente a deixar de colocar urgência na escrita de releases e na revisão de newsletters para passar a tarde no parquinho, entre o gira-gira e o balanço.

Segui empenhada em sustentar os projetos dos outros, até que veio a viagem à China. Foi ela que marcou o início dessa coisa outra, que não tem nome ainda, mas que me convoca a seguir escrevendo. Assim, que outra coisa fazer, senão escrever?

Clarissa Pínkola Estés, que estuda a retórica dos contos de fadas, conta em seu *Mulheres que correm com os lobos* que as histórias, muito mais antigas do que a arte e a psicologia, têm um poder curativo, porque nos orientam em tempos de dificuldades. A psicanalista junguiana dedicou anos da sua vida a descobrir histórias inteiras, nas quais os animais mágicos foram transformados em demônios e as velhas curandeiras em bruxas más. De fato as palavras dão forma não à verdade, mas à vitória de determinadas verdades sobre outras. Por isso, diz Clarissa, coletar histórias é uma atividade paleontológica contínua. "Quanto maior o número de ossos do esqueleto de histórias que tivermos, maior a probabilidade de descoberta da história inteira".

Uma das histórias que Clarissa reconta no livro é a da Mulher-Lobo. Dependendo de onde é vista, ganha outros nomes: Mulher dos Ossos, a Trapeira, Mulher Selvagem, A Que Sabe. Ela guarda os ossos que recolheu ao longo dos dias. Quando encontra uma ossada inteira, senta junto ao fogo e canta, e os fragmentos se reencontram, começam a se forrar de carne, e se cobrir de pêlos, e o corpo então respira, dizem até que o chão nesta hora treme, e o bicho dá um salto e sai correndo, vivo de novo, pelo desfiladeiro.

Contar é preciso.

E então leio mais uma vez Barthes, ele de novo, falando não mais da China, mas de outra coisa que me interessa tanto quanto. Diz ele que, diferentemente da prática biográfica, que tenta organizar em palavras toda a vida de uma pessoa, a prática biografemática volta-se para o que é mais comum, a potência no ordinário, um inventário de banalidades. O biografema apresenta uma multiplicidade de signos que iluminam, mas não pretendem dar conta da existência, embora juntos componham, por aproximação, um retrato inacabado da vida.

Contar não é preciso.

Eu acho engraçado como, depois que comecei a tentar encontrar o sentido destas linhas, os sentidos começaram a me procurar, embora nada tenha dado conta de esclarecer. Uma amiga que é antropóloga, numa conversa sobre cinema, me trouxe a definição da etnografia como, nas palavras dela, uma imersão que sensibiliza o olhar para outras formas de vida, sem desconsiderar que a perspectiva de quem observa e conta é sempre parcial, porque há um lugar de origem. O objetivo da etnografia é procurar compreender como aquelas pessoas estão entendendo o mundo.

Estar perdida diante dos tantos sentidos possíveis desse desejo que ainda não tem nome me fez lembrar da noite quente em que me perdi na Wangfujing Street. Já falei que, por causa dessa deriva, trouxe debaixo do braço, embrulhada em papel pardo e laço de barbante, uma edição do *Illustrated Book of Changes*. Lembro de como me senti triunfante naquela noite, mas não sei direito se porque achei o livro ou o caminho de volta para o hotel. Apesar do título auspicioso, não cheguei nem perto de entender de que tratavam os textos, as imagens. Decidi pedir ajuda a um amigo, Gabriel.

O *I Ching*, ele me conta, é um sistema de representação composto por um conjunto de seis linhas contínuas ou interrompidas. Cada conjunto de seis linhas se chama hexagrama e, dependendo da posição das linhas, ele combina oito das forças da natureza: Céu, Trovão, Água, Montanha, Terra, Vento, Fogo e Lago. O *I Ching* tem um uso oracular desde o século VI a.C.

Significa que podemos apresentar a ele nossas perguntas, e suas respostas sinalizam quais são as forças que operam, e as que ainda não se manifestaram, mas virão a se manifestar. As respostas devolvem ao sujeito a capacidade de pensar no que é capaz de fazer para voltar a ser potente e se tornar coautor do seu destino.

A qualidade da pergunta que uma pessoa faz tem caráter decisivo na qualidade da resposta. O oráculo nunca falha, diz a tradição chinesa. As respostas são claras e precisas, mas o mesmo não acontece com a nossa compreensão. É preciso tempo para descobrir o caminho fácil na cena complexa.

Há algo sobre a China que eu ainda não contei. Na semana do nosso embarque, agosto de doismiledezessete, Michel Temer embarcou para Pequim já presidente, representando o Brasil num encontro dos Brics. Temer foi vice de Dilma Roussef, democraticamente reeleita em doismilequinze – e cassada nas tribunas da Câmara e do Senado no ano seguinte, sob a acusação de cometer um crime do qual, dois anos depois, o Tribunal de Contas da União a inocentou.

Durante os sete dias da nossa viagem, sempre que o nome de Temer era citado pelos chineses que nos recebiam em seus salões de carpetes ricamente estampados, Sérgio interrompia os anfitriões para dizer que aquele homem não apenas ocupava ilegitimamente o cargo, como seu desgoverno tinha apenas 5% de aprovação da população. Cinco por cento, e ficava ali a mão do Sérgio espalmada no ar, para deixar claro que ele não falava em nome de Brasil nenhum. Apesar do desconforto, Sarah, na função de tradutora intérprete, traduzia cada palavra, eu acho.

No ano seguinte à viagem, doismiledezoito, portanto, 57 milhões de brasileiros elegeram presidente da República um homem que, com mais de três décadas de vida pública, cultivou ofensas contra mulheres, negros, trabalhadores, indígenas, aposentados, ambientalistas, ativistas de direitos humanos, inclusive estando diante de microfones e câmeras ou de seus colegas parlamentares no Congresso Nacional. Foi ele que, na votação do impeachment de Dilma, prestou homenagem ao coronel Carlos Alberto Brilhante Ustra, o chefe do DOI-CODI, e o primeiro oficial a ser condenado no processo de redemocratização, pelos crimes de sequestro e tortura.

Uma semana depois da eleição, fomos encontrar Sérgio e Ana Luísa na casa deles. Minhas crianças corriam pelo jardim, pisavam nas poças d'água, exploravam os vasos de plantas, sem se darem conta do que conversávamos nós, os adultos. Em torno da mesa da cozinha, eu picava os tomates que iriam para a panela do arroz de carreteiro, e falamos sobre o horror e a tristeza de ver que o jornalismo nada pode contra a enxurrada de mentiras compartilhadas pelo WhatsApp. Sérgio murmura: tem que ter paciência, isso que veio vai demorar anos para acabar.

Foi com ele que aprendi que o mundo é habitado por quatro categorias de pessoas. Ele me explicou, desenhando numa folha de papel quatro colunas com lugar para os aliados, os neutros, os adversários, os inimigos. O segredo, diz ele, é não perder tempo com os inimigos, mas construir relações que permitam aos inimigos se tornarem adversários, aos adversários passarem à neutralidade e aos neutros serem nossos aliados.

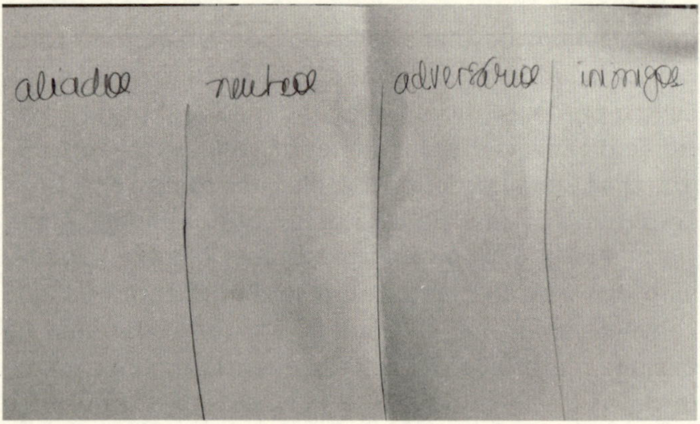

A primeira vez que Sérgio me contou dessa sua estratégia, desenhou numa folha de caderno minha. Estávamos, ele e eu, em Salvador. Era 2006 ou 2007, um evento do Ministério da Saúde, onde eu tinha ido parar depois de dois anos trabalhando no Banco Interamericano de Desenvolvimento, para cuidar do projeto que a OBORÉ tinha de ajudar a botar de pé uma rede de serviços de atenção à saúde dos trabalhadores.

Há uma outra coisa que eu tenho para contar, a mais difícil delas, e ela não é segredo para ninguém que conheça o Sérgio. Ele tinha entrado no curso de jornalismo da Escola de Comunicação e Artes, era do Centro Acadêmico Lupe Cotrim da USP e se filiou ao Partido Comunista Brasileiro (PCB). Em 1975 foi preso.

Audálio Dantas, sim, o Audálio que não pôde ir à China com o Sérgio, e que, portanto, de alguma forma nos colocou nessa missão, contou em depoimento ao colega Fernando Pacheco Jordão que Sérgio foi o primeiro dos doze profissionais de imprensa presos pelas forças da repressão. "O último foi Vladimir Herzog, que não escapou com vida. Morreu pelas mãos dos militares, no DOI-CODI, para a vergonha do Exército, o centro de tortura mais terrível na ocasião".

Sérgio, que nessa época trabalhava na Agência Folhas, pensa que que só não morreram todos os outros porque antes mataram o Vlado, que era uma pessoa importante, muito bem relacionada, que comandava o departamento de jornalismo da TV Cultura. Ao matarem o Vlado, se produziu uma grande revolta na sociedade e graças a isso várias pessoas foram salvas.

Com a repercussão do caso Herzog, puxada também por Audálio Dantas, à época presidente do Sindicato dos Jornalistas do Estado de São Paulo, o DOI-CODI foi esvaziado, e Sérgio levado para a sede paulista do Departamento de Ordem Política e Social (Dops). Três anos depois, Sérgio fundava com seus amigos a OBORÉ.

Lembro de uma dessas tardes, a gente no jardim da casa do Sérgio, o pátio em que ele passou boa parte de sua infância e adolescência, e de repente ele se levanta da mesa e solta um estrondoso *como está lindo isso aqui*, com o dedo apontado para as flores brancas, de miolinhos muito roxos, os pistilos amarelos que perfumavam o quintal. O maracujá, ele me contou entusiasmado, tem estas folhas grandes para captar o máximo de luz possível, e as lagartas comem algumas das folhas para ajudar no equilíbrio fino. Se todas vingassem, não haveria energia para o maracujá vir-a-ser. Mas o mais curioso, ele me disse, e que antes de cultivar as sementes ele nem sabia, são as gavinhas. Elas crescem do caule e se enrolam assim, e os dedos dele vão desenhando espirais no ar para que eu enxergue também, que nem arame, buscando o apoio que a planta precisa para crescer.

E nessa hora ele me olhou e disse: como que essa porra que não tem cérebro sabe que tem que se enfiar neste buraquinho aqui? E eu vi o seu dedo de flecha me apontar, para que eu visse também, o buraquinho de uma das tantas mãos francesas que ele mesmo pregou no muro, e que sustentam os fios nos quais os pés de maracujá se agarram.

Foi neste dia também, eu acho, que eu fiquei até mais tarde e os pernilongos começaram a aparecer. Ele tinha uma raquete igual a essas de tênis, mas feitas para dar choque e matar os insetos. Um dos bichos se esturricou na trama e ficou preso. Sérgio enfiou o dedo ali, deu um grito, recolheu a mão e o braço, as costas retesadas. Parou de falar comigo, olhava para o vazio, os olhos arregalados. Ai, que coisa ruim, Ligia. É muito ruim.

■

Pela tevê vejo as turbas de gente vestida de verde e amarelo pedindo nas ruas a intervenção militar, o fechamento do Congresso Nacional e do Supremo Tribunal Federal. Penso nas 434 pessoas oficialmente mortas ou desaparecidas durante os 21 anos que os militares permaneceram no poder, nos outros 20 mil que sofreram torturas e violações. Penso nas histórias que não podem ser silenciadas, porque se silenciadas, elas se repetirão.

Em dezembro de 1968 o AI-5 autorizou o uso de violência, inclusive a tortura, contra quaisquer cidadãos que, na avaliação dos militares, ameaçassem os ideais do regime. Foram destituídos, cassados, demitidos e, não raro, presos, parlamentares, educadores, juízes, artistas, estudantes, jornalistas, trabalhadores, líderes de movimentos populares, dirigentes sindicais. Em resposta ao AI-5, cresceu o movimento de resistência armado. Em julho de 1969, a VAR-Palmares roubou um cofre da casa da amante de um ex-governador do estado de São Paulo. Em setembro, o MR-8 e a ALN sequestraram um embaixador estadunidense para exigir a libertação de quinze presos políticos. Onze dias depois os militares editaram uma nova Lei de Segurança Nacional com o objetivo de "proteger o Estado contra o inimigo interno". Em novembro de 1969, Carlos Marighella, líder da ALN, foi assassinado a tiros em São Paulo numa emboscada de agentes do DOPS.

Foi em meio a esse caos que Sérgio entrou em contato com gente de uma dessas organizações da resistência. Soube de um treinamento que aconteceria dali a pouco. Quis. Ele e mais dois amigos. Mas antes, decidiram, se despediriam de dona Virgínia, mãe de Rosa e Júlio, seus colegas na Escola Estadual Alberto Conte, no bairro de Santo Amaro.

Artista plástica, a partir dos anos 1960 ela começou a voltar seu trabalho, sobretudo o desenho e a xilogravura, às causas sociais, dos trabalhadores no campo e nas fábricas, e contra a guerra. Criou cartazes para as campanhas de anistia a presos políticos, contra a tortura e para o movimento feminista. Parte desse trabalho, conta Rosa, a filha, só foi conhecido recentemente nas publicações sobre a história da resistência ao regime militar no Brasil.

A história que vai justificar o motivo do Sérgio chamar Virgínia de sua segunda mãe foi contada por Rosa em um livro de sua autoria. Acho bonito que Rosa tenha dito no prefácio que só depois que terminou de cuidar da papelada deixada pelo pai, o arquiteto João Batista Vilanova Artigas, foi prestar atenção na mãe. "O acervo dela estava meio abandonado e completamente desorganizado, principalmente porque, enquanto eu cuidava do Artigas, o material ficou rolando de um canto a outro. Demorei um pouco para enfrentar o desafio de examinar tudo com cuidado, mas tive uma enorme surpresa quando comecei: quanto trabalho ela realizou! Confesso que fiquei até com vergonha do meu descaso e ignorância sobre o que estava guardado ali".

Na memória do Sérgio, os três amigos já chegaram na casa de dona Virgínia anunciando a despedida. Despedir?, perguntou ela. É, não tem mais jeito, o povo sofrendo, isso nunca vai acabar... vamos para a luta armada. Sérgio, que me contou a história numa dessas tantas tardes em que estivemos juntos, já não sei mais se antes ou depois da China, me disse que nessa hora dona Virgínia perguntou:

"Ah, é? Agora?"

"Sim, saindo direto daqui."

"Ah, mas não têm nem tempo pra um café?"

Tinham. Ela passou o café, serviu, Sérgio conta colocando os dedos em forma de pinça, como quem leva torrões de açúcar a cada xícara, e em seguida a sua mão agita uma colherzinha imaginária.

"Mas vem cá, vocês vão fazer o quê?"

"A revolução."

"E como é isso?"

"A gente derruba o poder."

"E depois?"

"Faz a revolução."

"Que revolução?"

"A revolução socialista."

"Mas vem cá: vocês sabem se o povo quer a revolução?"

"É, não sabemos."

"E existe socialismo sem povo?"

E ninguém mais falou. Sérgio me conta, voz grave, uma sobrancelha mais arqueada do que a outra. E eu fico imaginando que naquele instante daria para segurar o silêncio com a mão.

Os três meninos saíram dali direto para suas casas.

CineSESC, rua Augusta, São Paulo. Isso certamente uns meses depois de termos voltado da China. Nas minhas anotações, era um fim de tarde de outono, a gente aguardava na fila por um ingresso de *O botão de pérola* (2015), outro dos documentários de Patricio Guzmán, e é um momento em que o Sérgio me conta de quando descobriu que queria ser ninguém. Ninguém? É. Eu sou assessor. Assessor não vai brilhar na Folha, não vai fazer carreira, vai assessorar. Assessor é ser ninguém.

E eu fico pensando nisso. Me lembro de ter lido o Audálio Dantas contar sobre o amigo Sérgio: "Tento entendê-lo, mas até agora não consegui. Falou em ajudar, seja movimentos sociais, seja um amigo que está em dificuldade... e se alguém diz que ele é generoso, depois de tudo isso, ele fica bravo. Que é essa história de ser generoso? A gente faz aquilo que é preciso fazer, diz o Serjão. O Serjão está sempre fazendo alguma coisa, e sempre no sentido coletivo". Lembro do boré, que convoca a tribo, e os dispersos que também são parte da tribo, para lutar.

▬

Salto no tempo de novo. O ano é doismiledezoito, a gente ali debaixo do caramanchão, e Sérgio dizendo que o nosso desafio é lutar contra essa ideia de que o progresso vem da disputa, não da solidariedade. Não tenho a gravação, mas o que eu anotei no meu caderno enquanto o ouvia foi mais ou menos o seguinte: o que estamos vivendo hoje é uma campanha para que aliados se tornem inimigos. Para exterminar não o futuro, mas o passado. Para que as pessoas pensem que as coisas vão mal porque avançamos um tiquinho na direção de sermos mais iguais.

▬

Nem sempre a gente sabe o que está escrevendo, diz João Moreira Salles vasculhando os acervos da mãe. E enquanto ele se volta para 1968 para explicar o intenso agora, eu faço o caminho inverso. No tempo presente deste fragmento, o ano é doismilevintedois, o Brasil tem milhões de desempregados, milhares de pessoas morando nas ruas, os investimentos em saúde e educação estão congelados pelos próximos 25 anos, e vivemos dois anos e tanto de isolamento social por conta de uma epidemia causada por um vírus que, em todo o mundo, já matou dois milhões e meio de pessoas. Como escapar dessa cilada que o Sérgio chama de consciência infeliz, em que quanto mais a gente sabe, mais infeliz a gente é, e menos tem condições de se movimentar?

Quando Gabriel me contou do *Livro das Mutações*, sem que eu pedisse, ele também jogou as três moedas. Fez para me mostrar como funciona, em vez de dissertar sobre os princípios. Meu amigo se formou advogado, mas é atleta e professor de kung fu e faz doutorado em educação, investigando os processos de ensino-aprendizagem das artes marciais. O jogo das moedas, ele me explica, é uma das formas de acessar a sabedoria do *Livro das Mutações*.

A cada tombo das três moedas, e são seis os tombos, Gabriel soma os números inscritos em cada face e desenha uma linha contínua, Yang, ou uma linha interrompida, Yin. Ali, forma-se um primeiro hexagrama. Significa Constância. Na quarta posição, a linha Yang, portanto contínua, indica um vasto campo sem impedimento, mas também sem objetivo, e por isso quando se sai à caça, nada se encontra. É fundamental se afastar das iniciativas que afastam dos princípios. É preciso saber para onde ir. É preciso caminhar com humildade e paciência.

Derivando desse primeiro hexagrama, Gabriel desenha outros quatro, que apontam para os caminhos que levam à constância. No racional, dos pensamentos, o hexagrama da Influência sinaliza que é importante conservar-se humilde para poder ouvir os bons conselhos. A forma mais superficial de querer exercer influência sobre os outros é através da tagarelice, quando as palavras são vazias de sentido.

No caminho físico e também no emocional, o mesmo hexagrama, o Aumento. Quando alguém descobre algo de bom nos outros, deve imitá-lo, integrando a si, desse modo, todo o bem sobre a Terra. O verdadeiro aumento ocorre quando o homem cria interiormente as condições propícias à sua manifestação, isto é, quando cultiva a receptividade e o amor ao bem. E no caminho espiritual, o Irromper. Um grito de alarme, armas ao entardecer e ao anoitecer. Apesar disso, não temer coisa alguma. Não se deve permitir que perdure o infortúnio. É possível exercer a força com amabilidade. Servir é a melhor forma de combater o mal.

Revirando as fotos, que são minhas memórias mais confiáveis da China, encontro um vídeo que Sérgio fez na sala VIP do aeroporto de Xangai. Só o vejo agora, três anos depois, e estou espantada com os efeitos que as imagens me causam. Ele está de pé, Camélia e eu enquadradas por sua Nikon Coolpix. Eu sentada, embrulhada no xale preto que não pechinchei, Camélia com uma lata de refrigerante na mão. Me deu vontade de transcrever toda a conversa. São 13 minutos.

"Na verdade, não é uma foto, é um vídeo", anuncia Sérgio. "Wow", faz Camélia, de olho na câmera e tentando acertar o canudinho dentro da boca. "Tique-tique, tim", canta o Sérgio. "Aqui está Camélia, nossa anfitriã, aqui está Ligia. Então queria te fazer uma pergunta. Nós te demos muito trabalho?" E ri.

"Hm? No entiendo." E olha para mim.

Eu rio, fecho os olhos. Hm. Estoy tan cansada. Os olhos apertados. Espanhol não é a minha especialidade. Arrisco: "te hemos dado mucho trabajo?".

"No, no, no, no."

"Não?", quer saber o Sérgio. "Estás acostumbrada con tanta gente?"

"Si."

"Qual foi a última delegação que você recebeu aqui em Xangai?"

Camélia sorve a bebida do canudinho, os olhos apontados para o teto.

"La nuestra?", pergunto.

"No, no, no, por favor, esta no es la ultima."

"No, la anterior", diz Sérgio.

"Ahhh, la anterior... de Brasil?" Faz um muxoxo com a boca. "No se, hace muchos años. De Brasil no nos vem tanto, con muy poca frequencia. No estamos contentos con eso."

Sérgio deixa um tempo pro respiro. Outra pergunta:

"Durante essa semana tão intensa, nós ficamos sabendo por você mesmo, numa das reuniões..."

E nessa hora Camélia, que largou o canudinho,

franze o rosto. Não sei se compreende, ou se está espantada com o que pode ter revelado aos gringos...

Segue Sérgio:

"... que Xangai é cidade-irmã, cidade gêmea, de São Paulo."

Traduzo como posso. "No lo sabiamos", digo.

Sérgio se recorda do programa de atenção à saúde dos idosos em Xangai, do qual falou a vice-presidente no jantar da noite passada. Que no Brasil há alguma coisa assim, um coletivo de instituições e profissionais, dentre médicos, enfermeiros, artistas, construindo caminhos. Ele se refere ao trabalho que faz articulando as políticas públicas ao principal hospital de cuidados paliativos de São Paulo. E vê a oportunidade de que as cidades-irmãs se aproximem, troquem experiências. Um intercâmbio. Que autoridades de Xangai venham a São Paulo e que também recebam um grupo de brasileiros, por uma semana que seja. "Que tal se você nos ajudar a encaminhar essa questão?", completa Sérgio.

"A Associação de Amizade sempre quer apoiar intercâmbio de distintos aspectos", responde Camélia. "Mas para realizar o projeto, porque é uma questão específica, é preciso o apoio da administração civil e das autoridades que cuidam das relações internacionais nas duas cidades. Precisamos do apoio de outras entidades."

Sérgio lembra Camélia da publicação que entregou a ela, sobre esta experiência em São Paulo. Ela diz que sim, sim, mas é difícil, está escrito em português. Sérgio fala que vai providenciar uma cópia em espanhol, e Camélia se compromete a então traduzir do espanhol para o chinês.

"Sim. Podemos visitar o Brasil, diz ela, mas antes envolver as pessoas que são especialistas na elaboração da política."

Sérgio mira a câmera para Danillo, que entra na conversa:

"Excelente ideia, e não vai ser difícil. Tem um ditado chinês que diz que o caminho para os dez mil passos começa com o primeiro passo. Você já está dando uns dez passos. Esta conversa você tem que levar lá para o adido cultural do consulado de São Paulo. Tudo começa pelo consulado de São Paulo. Xangai é cidade-irmã de São Paulo há mais ou menos vinte anos, mas não foi feito nada, porque é tudo muito difícil."

Já foram 12 minutos e 21 segundos do vídeo. Continua o Danillo:

"Primeiro que os chineses pensam de uma maneira, os brasileiros de outra. E aqui eles pensam que há boa vontade do Brasil. E não há nenhuma."

Sérgio o interrompe:

"De onde você tira que não há nenhuma?"

"Não há boa vontade, você vai entender isso, você chega lá..."

"Mas eu sou uma parte desse país e há boa vontade..."

"Se você tomar a frente, é uma coisa. Se você pedir a uma autoridade brasileira, não vai adiantar, é muito difícil. O lado político eu não entendo, porque o lado político sempre a gente fracassa muito, sabe? Nós estamos cansados de aprender. E não pode avançar."

Camélia interrompe, quer que Danillo escreva seu e-mail num caderninho.

Sérgio segue filmando, ouve-se sua voz dizendo vamos colocar tudo nesse caderninho. Eu vou desligar aqui por causa da bateria. Já retomamos. Termina em 13 minutos e 29 segundos. Não há outro vídeo.

Nenhum desdobramento da China, mas continuamos encontrando o Sérgio, na maior parte das vezes na sua casa, para prestigiar a feijoada das quartas-feiras, que ele me contou ser um dos seus projetos políticos mais importantes para atravessar esses tempos duros. Ele garante a infra, apoio logístico e o de comer. Os demais comparecem com alguma bebida e o que ele chama de "breguetes", e outras delicadezas. Comer juntos, diz Sérgio, é coisa séria. Ele me manda um texto de seu amigo Leonardo Boff: "Quando nossos antepassados antropoides saíam a recoletar frutos, sementes, caças e peixes não comiam individualmente. Tomavam os alimentos e os levavam ao grupo. E aí praticavam a comensalidade, o que significa: distribuíam os alimentos entre si e comiam-nos comunitariamente. Esta comensalidade permitiu o salto da animalidade em direção à humanidade. Essa pequena diferença faz toda uma diferença".

Manhã muito abafada de dezembro de doismiledezoito, aquele encontro entre amigos da OBORÉ para pensar o futuro do Repórter do Futuro. Tem cara de reunião, e é, mas conforme as horas avançam, seguimos com vinho verde gelado. É também uma celebração.

"Um brinde a seu José Maria, meu pai, que faz aniversário hoje, e que comprou esta casa onde estamos."

Na cozinha tem gente preparando a massa, outros aquecendo o molho, e há os que destrincham os galetos. Eu fico ali embaixo do caramanchão com os que bebem.

acabou o parmesão
alguém vem da cozinha avisar
e no Ford Ka sai uma expedição

somos cinco
e Sérgio ao volante pede uma música do Wisnik
a última do álbum dele com a Ná Ozzetti
porque é linda

gardênias e hortênsias
gardênias e hortênsias

o Ford Ka roncando alto na direção da avenida
Santo Amaro
o câmbio quebrado só engata a primeira marcha
mas a força é suficiente pro trajeto até o hortifruti

"presta atenção nesta parte"
ele diz
e a mão esquerda segurando o cigarro aceso
se agita pra fora da janela
um batuque imaginário
e passa alguém pela rua
ele acena alegremente

subir... no raio de uma estrela subir até sumir!
subir até sumir no brilho puro!
subir mais!
subir além!
subir mais!
subir além!
subir... no raio de uma estrela subir até sumir!

subir até sumir no brilho puro!
subir mais!
subir além!
além de toda treva de toda dor!
além de toda treva de toda dor deste mundo!

a música em looping
canta Wisnik

até chegar aqui

▬

A 89ª edição da feijoada dos amigos acontece no dia do aniversário de 70 anos do Sérgio. A casa térrea, o portão que pode ser pulado sem esforço, pois não passa da altura dos joelhos, em movimento diametralmente oposto ao da vizinhança com seus muros de senhor feudal, incrementados por concertina, choques de oito mil watts e câmeras de vigilância. Não há campainha, apenas um sino dourado, que ninguém badala, a não ser que queira fazer graça. O acesso ao quintal se dá por duas portas de madeira, também azuis, e escancaradas, que desembocam num corredor largo. O edifício principal, que é a casa, fica à esquerda, e na sua fachada branca há uma frase pintada na parede, em letras grandes: o futuro tem um coração antigo. Do outro lado fica o muro coberto pelos pés de maracujá. Avançando pelo corredor, aos fundos, está o pátio com mesa grande de tampo de vidro, as parreiras filtrando a luz do dia.

Chego com o livro da Rosa sobre sua mãe Virgínia Artigas embrulhado em papel de presente. Ele desembrulha, ri, procura o índice até se encontrar. Lê em voz alta para quem está mais perto. A história de como desistiu de ingressar na luta armada contra a ditadura. "Ela te entrevistou, Sérgio?" "A Rosa? Não", ele diz rindo. "Foi de memória."

"Vem", me chama, e passamos por um amigo músico que está tocando flauta. "Vou te mostrar a passagem secreta. Ainda não existe, mas vai ser por aqui." E abre a porta da máquina de lavar roupas. "Quebrou, vai esconder o túnel que vamos cavar." Então alcança o banco de madeira, e depois a escada de metal que se dobra sobre o muro alto. Do outro lado do muro, há um jardim comprido, um viveiro de plantas. Nele passa o linhão de transmissão da Eletropaulo. Lá embaixo uma mesa de plástico, quatro cadeiras. Eu pergunto de quem é aquilo. "O bosque? Como assim? Se foi Deus quem criou a Terra, o homem inventou o arame farpado." As crianças correm entre samambaias, roseiras, pés de jabuticaba, acerola, limão cravo e taiti, além de mudas de temperos protegidas do sol ardido.

Depois do parabéns, o discurso. "Eu sou a pessoa mais feliz que eu conheço. E se vocês se conhecerem uns aos outros vão saber por quê." Agradece Ana Luísa, além de Rose e Rose, as duas mulheres de mesmo nome que se somam nos cuidados da casa e da comida, e zelam para que não falhem nunca as feijoadas das quartas-feiras. Segue agradecendo, as crianças salivando em frente à mesa de doces, muitos pudins de leite. Alguém grita que o povo quer bolo, Serjão. Ele encerra: "Meu plano é fazer a minha memória virar a memória de todos".

A certa altura as pessoas vão para a frente da casa, se sentam no banco de madeira. A turma de estudantes de jornalismo da USP traz uma jarra de caipirinha.

Preparar para foto. Somos tantos ali sorrindo, celebrando, e o sol quente faz a gente suar.

Somos tantos, e eu adoraria conhecer-nos todos.

Daquela primeira vez, quando Gabriel jogou as moedas para mim, e saiu a Constância, não havia pergunta. E a pergunta, eu li no *I Ching*, é muito importante, pois só quem sabe o que procura é capaz de formular uma pergunta que pode ser respondida. Quem sabe então se eu fizer outras perguntas? Tiro um tempo para pensar nelas, mas as palavras me escapam. Gosto das que encontro enquanto folheio casualmente o livro: "A resposta sempre vai apontar pro caminho que é duradouro e espontâneo, como o que a água faz quando contorna uma montanha".

O caminho duradouro e espontâneo, entretanto, não necessariamente leva ao Caminho, adverte Lao Tse no *Tao Te King*, outro dos clássicos da cultura chinesa. Mais ou menos como quando, ao percorrer uma estrada seguindo as indicações para o Rio de Janeiro, não há garantias de que vamos chegar lá, apenas que estamos a caminho. Então, não importa quantas vezes as moedas caiam, a resposta sempre será provisória, porque o mundo se reconfigura o tempo todo. Quero ficar com a Constância.

Dentre os tantos sentidos da palavra constância, encontro: 1) qualidade daquele que não falta a uma tarefa. 2) persistência, insistência, obstinação. 3) quantidade de repetições de uma ação. 4) prosseguimento, continuidade, manutenção, imutabilidade. 5) fidelidade, lealdade, estabilidade de sentimentos.

Encontro no prefácio à edição brasileira de *I Ching: O Livro das Mutações* estas palavras: "Aos que estiverem lendo o *I Ching* pela primeira vez, gostaria de dizer que não se deixem esmorecer diante do que lhes pareça demasiado obscuro. Há de aclarar-se, pois não há noite que dure para sempre. É nesse esforço que se pode aprender a virtude da perseverança, tão enfatizada no *Livro das Mutações*. Da mesma forma, ao relermos o texto, é necessário e recomendável que estejamos atentos ao perigo do que julgamos demasiado claro. Como as noites, os dias também findam e o destino de todo saber é conduzir-nos ao não-saber."

A centésima edição da feijoada dos amigos aconteceu no dia 8 de dezembro de doismiledezenove. Ao invés do quintal do Sérgio, a praça Vladimir Herzog, na esquina com a rua Santo Antônio, no quarteirão da Câmara Municipal de São Paulo, próximo ao terminal Bandeira e à estação Anhangabaú do metrô.

Não consegui ir. Por WhatsApp o Sérgio me conta que o Sindicato dos Engenheiros cedeu dez mesas e quarenta cadeiras. Compareceram cem pessoas. Na ocasião, foi afixada ali uma placa com os nomes de todos os mil jornalistas com trabalhos reconhecidos pelo Prêmio Vladimir Herzog.

Ligia, querida

O presente que tenho imaginado para as suas filhas e as minhas netas NÃO EXISTE. Ou seja, um BURACO naquele muro que nos separa do terrenão da antiga Light. A passagem secreta para um bosque, um parque, um quintalzão que elas imaginassem e ajudassem a criar, desde o início... Nada de uma coisa PRONTA para só encantar as crianças que vão se acostumando só a CONSUMIR a mágica inventada pelos adultos tipo Parque da Mônica, Disneylândia, Playcenter. Acho mesmo que mais importante que o PRODUTO são o PROJETO e o PROCESSO. Para que a coisa possa acontecer assim, você precisaria que você e a sua xará combinassem um dia (Sábado? Domingo?) e ajudassem a organizar uma excursão exploratória, trocassem ideias entre si, começassem a desenhar o que será... E em algum momento fizéssemos uma comidinha (com elas como cozinheiras auxiliares, por que não?), para ser servida lá mesmo no BOSQUE.

"eu queria ser feliz
invento o mar
invento em mim o sonhador"

Ficamos de ver o túnel para janeiro. O ano doismilevinte. Em fevereiro, dia 15, teve a festa da vindima, que é o dia de cada amigo colher o seu cacho de uva. Desde doismiledezessete o ritual existe na casa do Sérgio, mas a edição doismiledezenove perdemos também. Não me lembro quando foi que nos abraçamos por último.

A feijoada não pode mais. Durou 113 quartas-feiras. Agora é setembro de doismilevinteedois e 33 milhões de pessoas passam fome, aponta uma investigação da Ação da Cidadania, em parceria com a Actionaid, Ford Fundation, Vox Populi e Oxfam. Em que condições continuaremos juntos? Quem quer mover o mundo precisa pensar no curto prazo, diz o Sérgio. No simples, no urgente, no barato. Vou ligar para o Sérgio. É urgente providenciarmos esse encontro para as crianças cavarem o túnel.

Epílogo

E então termina assim? E o túnel?

Desde que coloquei um ponto final nesta história, encontrei outras folhas soltas com outras anotações. A que mais me chama a atenção foi de uma conversa com a Ana Luísa, que me disse ainda no aeroporto: essa viagem vai render histórias para o resto da vida.

De fato não contei do Sérgio me perguntando quem é que ganha na luta da onça com o jacaré, e dizendo que depende de onde eles lutam, se na água ou em terra firme. Ou dos Cafés sem Pauta, encontros que desde o início da pandemia ele organiza no Zoom, como anfitrião, nas manhãs de sábado para reunir gente que faz parte da sua vida. Como contar que ele escuta os amigos de décadas com o interesse de quem ouve pela primeira vez? Eu quero contar de como, em cada último domingo do mês, a Praça Vladimir Herzog se enche de artistas, jornalistas, músicos, e essa gente vem passar tempo junto, e tem comida, sempre no esquema "quem pode paga, quem não pode pega".

Revendo minhas anotações, recordo desse tempo em que pensei muitas coisas para este livro. Por exemplo, fazer um outro, um manual de gestão do Serjão para apoiar quem quer inventar seu próprio cais. Isso porque ele me contou que faz assim: tendo como ponto de partida o reconhecimento daquilo que já existe, e mirando naquilo que nos une, que é comum a nós, inclusive os adversários, também os inimigos; que os meios para realizar talvez já existam, mas para sabermos é preciso inventariá-los. Só assim poderemos nos dedicar às providências, que são infinitas. E, portanto, é fundamental dividir as tarefas. Ninguém faz nada sozinho.

Apesar da pandemia, e disso que está aí e que vai demorar anos para acabar, Sérgio se move e isso me fala de constância. O solo em que apoiamos o peso dos nossos corpos também se desloca, e penso de novo no *I Ching*: não há o que mude, não há quem mude, só há o mudar, um circuito fechado de acontecimentos conectados entre si, como o dia e a noite, o verão e o inverno. Mais do que nunca, a história da onça e do jacaré nos importa.

É verdade, esse era um livro sobre uma viagem à China. E quando me propus a contar disso que aconteceu, feito Elisa Moreira Salles, dei de cara com a história em ação, um real estranho multicolorido que não para de se inscrever. E penso que contar é diferente de viver, pois que contar é inventar um começo, um meio e um fim para algo que é um continuum sem sentido previamente dado. Contamos do passado para nos protegermos do desconhecido, do inusitado, confiando que tudo que existe foi, é e vai continuar sendo.

Preciso contar que passei um tempo depois da escritura deste livro perseguindo o Sérgio. Eu queria que ele me ajudasse a pensar se cabia o fim que eu propus, ou se podíamos inventar outro. Acho que no fundo eu queria que ele me dissesse o que fazer. Sérgio recusou, claro. "Tá pronto o livro, escreve outro." Pode ser que o Sérgio seja mesmo um dragão, como me disse o Gabriel: não sabemos de onde tira sua força para voar, só sabemos que ele voa.

A esta altura, fico pensando que, se isso que está aí vai demorar anos para acabar, e é preciso tempo para descobrirmos o caminho fácil na cena complexa, que bom, temos justo o tempo a nosso favor. Não há noite que dure para sempre.

Posfácio

por Celso Nucci

A leitura deste livro de Ligia Ximenes nos proporciona duas boas descobertas. A primeira é a de uma escritora com uma narrativa clara, limpa, simples e elegante. Seu texto flui gostoso, emergindo muito mais da intuição e do coração do que de armação intelectual. Assim são os bons escritores.

A segunda descoberta nos desvenda a figura humana de Sérgio Gomes, jornalista combativo e brasileiro valioso. Logo no início Ligia nos conta que tinha um plano de escrever as histórias do Sérgio. "Preciso que conheçam o Sérgio, este amigo que, em suas próprias palavras, é todo feito de três ideias, liberdade, igualdade e fraternidade, e elas se combinando de infinitas maneiras".

Fizeram juntos uma viagem à China, em um desses convites do governo chinês a jornalistas para "promover encontros e conhecimento". Então este livro trata um pouco da China e muito do Sérgio, relata uma viagem de uns poucos dias feita com o amigo e uma pequena comitiva.

O grande fio condutor da narrativa mescla a viagem com histórias profissionais e políticas de Sérgio Gomes, memórias familiares e de coração. Vemos emergir então um bonito perfil amoroso do amigo, conhecido jornalista, combatente aguerrido e pacífico pela dignidade da profissão, grande formador de talentos e estimulador da construção de um jornalismo popular. Emerge de suas histórias uma figura marcada por integridade, alegria, esperança, solidariedade, ética.

Ligia é uma contadora de histórias. Em *Antes que eu me esqueça* desvenda bons caminhos para contar suas histórias. Ela nos conta um pouco de seu jeito de contadora: afirma que contar é conduzir o invisível na direção do visível, que contar é encontrar a palavra, que uma história se constrói com palavras e palavras são símbolos. E "...depois que tentei encontrar o sentido destas linhas, os sentidos começaram a me procurar, embora nada tenha dado conta de esclarecer".

Para não dizer que a ida ao grande país chinês foi um passeio superficial como acontece nessas viagens, Ligia encontrou o *I Ching: Livro das mutações* – descoberto em uma solitária visita noturna a uma livraria na Wangfujing Street –, um profundo e complexo mergulho na filosofia chinesa que faz suas aparições na história do Sérgio.

Entremeia a vida de Sérgio Gomes a presença sombria das ditaduras chilena e brasileira. O Chile vem à cena quando Sérgio menciona sua admiração pelo filme *Nostalgia da luz*, do cineasta Patricio Guzmán, também autor de *A batalha do Chile*, belos e tristes trabalhos em que desvenda o horror e as atrocidades da ditadura militar assassina. Nascido em 1949, Sérgio Gomes viveu a ditadura implantada por golpe no Brasil em 1964. Foi preso político por seis meses. Viveu o clima de AI-5, prisões, torturas, assassinatos.

Tudo isso vai aflorando de uma talentosa quase despretensão da contadora de histórias num livro de estreia já maduro e seguro.

Agradecimentos

Se esse livro existe é porque meu desejo encontrou condições para se manter vivo. Aos mestres todos do Vera Cruz, e em especial às mulheres: Adriana, Lívia, Gabriela, Ana, Ingrid, Martha, Pâmela, Talita, que comigo se enveredaram pelos caminhos da não ficção. Andre, Dalva, Luiz e Emma, namorido, mãe, pai e sogra, que vertendo amor em ação me permitiram sentar, escrever e reescrever. Aos amigos, em especial: Gabriel Guarino de Almeida, o amigo que jogou as moedas, artista marcial, educador, antropólogo e poeta, e Joana Benetton Junqueira, cineasta, antropóloga, mãe, companhias robustas no tecer de sentidos da vida. E também: Ana Luísa Zaniboni Gomes, Marina Novaes, Bianca Santana, Fernanda Toscano Bloise, Viviane Pepice, Thaís Brianezi, Cristiano Navarro, Marina Moura, Carolina Lemos Coimbra, Celso Nucci, Carolina Ribeiro, Priscila Delgado Carvalho. Imensamente grata a Bruno Zeni e Sílvia Nastari, da Quelônio, por abrigarem essa história. E ao Andre, que sempre está aqui, agora, comigo.

Sobre a autora

Ligia Ximenes é jornalista formada pela Cásper Líbero, pós-graduada em escrita criativa e produção de textos literários pelo Instituto Vera Cruz, e psicanalista pelo Centro de Estudos Psicanalíticos (CEP), dedicada à escuta de sujeitos e grupos, com interesse especial pela psicanálise como ação social.

Promove rodas de leitura e discussão de obras literárias de ficção e não ficção de autoria de outras mulheres, e oferece oficinas e mentoria para pessoas que queiram pensar e se dedicar a esses processos.

Antes que eu me esqueça é seu primeiro livro, desenvolvido a partir da trajetória da autora na pós-graduação de Formação de Escritores do Instituto Vera Cruz, e conquistou em 2021 o segundo prêmio do Programa de Ação Cultural da Secretaria de Cultura do Estado de São Paulo na categoria Não Ficção.

Edição e revisão Bruno Zeni
Capa e projeto gráfico Sílvia Nastari

Imagens Acervo pessoal

Dados Internacionais de Catalogação na Publicação (CIP)
(Laura Emilia da Silva Siqueira CRB 8-8127)

Ximenes, Ligia.
Antes que eu me esqueça / Ligia Ximenes; apresentação, Lívia Lakomi; posfácio, Celso Nucci; texto da orelha, Natally Calai; capa e projeto gráfico, Sílvia Nastari. 1ª ed. São Paulo: Editora Quelônio: 2022. 120p.; foto, 13 x 20 cm.

ISBN 978-65-87790-41-1

1. Biografia 2. Memórias 3. Anotações de viagem
4. Ensaio pessoal I. Ximenes, Ligia

13-202214 CDD 920

1. Biografia
2. Memórias
3. Anotações de viagem
4. Ensaio pessoal
869.93

Editora Quelônio

Rua Venâncio Aires, 1072
Vila Pompeia / São Paulo - SP
CEP 05024-030
www.quelonio.com.br

Fontes Helvetica Neue e Frutiger. **Papéis** Cartão Supremo Alta Alvura 250 g/m² e Polén Bold 90 g/m². **Impressão offset** Rotaplan. **Tiragem** 1.000 exemplares. São Paulo, dezembro de 2022.